竜殺しのブリュンヒルド

東崎惟子

A strange and cruel fate of Brunhild.
Born as a dragon slayer,
she lived as a daughter of the dragon.

BRUNHILD THE DRAGONSLAYER

CONTENTS

Illustration : Aoaso

Cover Design : Shunya Fujita(Kusano Design)

竜殺しのブリュンヒルド

BRUNHILD

東崎惟子

[絵]あおあそ

A strange and cruel fate of Brunhild.
Born as a dragon slayer,
she lived as a daughter of the dragon.

序章

嵐を伴った夜が訪れた。その地においては、とても珍しいことだった。

窓ガラスに打ち付ける雨粒は、短機関銃のようなやかましい音を立てている。

ごうごうと唸る風は、男の住む小屋を薙ぎ払わんばかりの勢い。

小屋の中には一人の男がいた。

黒い窓ガラスに映る男の姿。年の頃は三十代に見える。身にまとっているのは髪の色によく似た白いローブで、古めかしい意匠が凝らしてある。

男の瞳は、青い。

狭い部屋には簡素な家具が置かれている。暖炉の灯火がそれらをオレンジ色に照らし上げていた。

丸椅子に座る男の前にはカンバス。

そこには描きかけの絵が。

男は窓の外を見る。真っ暗で何も見えない。漆黒のガラスを雨水が幾重にも塗り重ねているだけである。

それでも、男は窓の外を見ていた。物質的に何が見えて何が見えないかは、あまり問題ではないのだ。

窓の外を見る。その行為が、男に想像する力を与えた。

男が今描いているのは晴れ晴れとした空と草原、そして、そこに佇（たたず）む少女の絵だった。穢（けが）れのない、純白のワンピースに身を包んだ少女。

絵筆が止まることはない。本当に、男の目には草原と少女が映っているかのようだった。

ばん、と大きな音がした。

漆黒の窓に、何かが張り付いた。

赤い。血の塊がぶつかったのかと男は思った。

しかし、よく見れば、それは女であった。

赤い軍服を着た女が、窓の横合いから視界に飛び込んできたのだ。

男の時間が止まった。

(見間違えるはずがない。この私が……)

女は口をぱくぱくと動かしている。何かしゃべっているようだが、それは暴風の音にかき消されて、男の耳には届かない。

再び、ばんという大きな音。

女が窓ガラスを叩いたのだ。

それでようやく男の時間が動き出した。

女は中に入れてくれと言っているようだった。

――神よ、この者を小屋に招き入れてよいものでしょうか。

少し時間をおいてから、男は玄関へ向かった。

それを見た女も、玄関扉の方へ駆けていった。


玄関の扉を開けるのは大変だった。外の風が強すぎるのだ。まるで見えない手が、扉を押し返してきているかのようであった。

人がひとり入り込めるくらいの隙間が空いた時、女は家に転がり込んできた。一緒にたくさんの雨粒も入ってきて男が着ている服が濡れた。

『すまない。助かった』と女は濡れた前髪を掻き上げる。

見た目は十代後半といったところだろうか。

輝く銀髪が目を引く。長い髪が揺れると、きらきらと雫が散った。

色の白い女であった。およそ色素というものとは縁遠いように思える。雨風に晒された後だからだろう。唇は紫がかっていた。

だが、瞳は赤い。

『何度もドアをノックしたのだが、聞こえなかったみたいでな。不躾とは思ったが、窓ガラスを叩かせてもらった』

彼女の身を包んでいる軍服を見下ろして、男は言った。

『軍人がここに来るのは珍しい』

女のことなど、まるで知らないかのような口ぶりであった。

女は困り笑いを浮かべて、返した。『そうだろうな』

『拭く物を用意しよう。暖炉のある部屋で待っていてくれ』

女は礼を言った。

男は二枚の麻の織物を持って、暖炉のある部屋に戻った。女は軍服を脱いで暖炉の前に敷かれた絨毯に座っていた。カシミヤの高級生地が使われた深紅の軍服が、蛇の抜け殻のように放ってある。

女はレースのあしらわれたキャミソールワンピース姿となっている。髪が炎の灯りを受けて、煌々とした紅に染められていた。

女の唇の色も、紫から健康的な桃色へと変わっていた。

女は男へ微笑む。

『重ねてすまないな、見苦しいものを。だが、許せ。水を吸った軍服は体に張り付いて、それはもう気持ち悪いのだ。しかも重いときた。儀礼用の物ゆえ飾りが多い』

麻の織物(おりもの)を渡して、男は言う。

『私はかまわないが、他の男の家ではやらない方がいい。色欲も淫乱も罪だからね。男を誑(たぶら)かして、地獄行きはご免だろう？』

『ああ、そういった心配は不要なのだ。色欲に溺れなくとも、私は地獄行きだよ』

『軍人だから、だね』

『ああ。たくさん人を殺した。心を弄んだりもしたよ。それに……』

——それに、私は竜殺しなのだ。

男は青い色をした目を見張った。

『君が竜殺し……』

『ノーヴェルラント帝国でそこそこ名を売ったぞ。名前はブリュンヒルド・ジークフリート』

『すまないけど、知らないな』

女、ジークフリートの言葉は真実だ。ジークフリート家といえば、由緒(ゆいしょ)正しき竜殺しの一族であるし、彼女自身も華々しい戦果を挙げた有名人であった。

ただ男が住んでいるのは、一切の俗世間から切り離された場所だった。男は晴れた日には果物を摘み、動物と遊び、花と語らって暮らしていた。

『まあ、知らなくて当然だな』

ジークフリートはまた困り笑いを浮かべた。そこに男の無知を嘲笑うような気配はない。

『日が昇る頃には、この雨は上がるだろうか』と女。

『それは、神のみぞ知るというものだろうな』と男。

人里離れた場所に住む男は、普通の人間とは異なった宗教観を有していた。

『君がここに来られたのも、神による巡り合わせだ。神は君にこの小屋で、暖を取ることをお許しになった』

男は丸椅子を手元に引き寄せて座った。そして、少し間をおいてから言った。

『もしよければ、君の話を聞かせてくれないか』

男はカンバスを見る。部屋には男の描いた絵がたくさん飾ってあった。そのどれもが明るい風景と白い服を着た少女をモチーフにしていた。

『君の話を聞けば、私はもっと良い絵が描けるようになるかもしれない』

女が、絵画の中の少女を見て言った。

『この少女はもしかすると、き……』

この女は、人の心のうちを察する能力に優れていた。『あなたの……』

『うん。君は娘に似ているんだ』

と、男は返した。

女が長いまつげを伏せた。

『似ているとは、つまり』

『あはは、いやいや。まだ生きているとも。きっとどこかで。まあ、軍服に袖を通していてほしくはないけどね』

血腥い仕事になんか就いてほしくないんだ、と男は言った。

女の正体がわかっていてなお、男はそう断じた。それが宗教者特有の批難なのか、目の前に存在する事実を認めたくないという悪あがきによるものかはわからない。

沈黙。

軍人の女は何を返せばいいかわからなかったし、

信仰の男は何も続ける気はなかった。

『血腥い話しかできないが、かまわないか？』

『それしかないなら、仕方ない』

女はしばらく黙っていたが、やがて覚悟を決めたように口を開いた。

『……私は悪人だ。人を大勢殺したし、無垢の者、優しい人を謀った。それも正義や大義のためじゃない。全て自分のため、私が満足するためにだ。だが、後悔はない。この場所を目の当たりにした今でもだ』

女は絨毯の上に座ったまま、椅子に座る男を見上げた。

だから、これから話すのは、

女にとっては、振り返る事なき懺悔(ざんげ)であり、
男にとっては、聞くに堪えない醜聞である。
『神にやり直す機会を与えられても、私は同じ道を選ぶ』
そう前置きし、女は話を始めた。

第一章

その島には、白銀の竜が棲(す)んでいた。

馥郁(ふくいく)たる果実が実る、動物たちの楽園だ。

今、竜がいるのは扇形に広がる入り江。本来は白い砂浜が美しい場所。

けれど、今は紅の絵具(えのぐ)をぶちまけたかのように赤い。砕け散った船の残骸が暗い海に浮かんでいる。生臭い潮風に、むせかえるような鉄の臭いが混じっていた。

血の海を漂う臓物と黄色い脂肪。

それらはほんの十分前まで、人の形をしていた。

白銀の竜、彼の棲(す)む島を襲ってきた者たちの成れの果てだ。総勢で二十人くらいいただろうか。その全てが肉の塊に変わってしまっていた。動くものはない。死後反応で痙攣(けいれん)するものを除けば。

白銀の竜にとっては、見慣れた光景である。

竜は神より命を受けていた。島に生きる者たちを護(まも)るようにと。

太古の昔から、白銀の竜はこの島を狙う色々な連中と戦ってきたのだ。

このところ、人間の強襲が増えてきている。武器の発達も目覚ましい。特に銃という代物は、技術が進めば厄介なことになりそうである。それでも、まだしばらくは自分が殺されることはないだろうが。

白銀の竜は、その青い瞳で自分の体を見下ろした。薄闇の中で仄かに光る鱗、その隙間から水銀に似た鈍色の液体が流れ出ていた。

竜の血であった。

人間たちが白銀の竜に浴びせた数百の銃弾。そのうち一発が密集する鱗の隙間をついて、肉に達していた。もっとも、巨軀を誇る白銀の竜にとっては針で突かれた程度の傷でしかない。

輝く雫が、肉塊の上に散った。

否、その肉塊はよく見れば肉塊ではなかった。

雫が落ちたのは、幼子の上であったのだ。

二歳か、三歳というところか。竜に詳しいところはわからない。血に染められた小さな体が、千切れた肉塊のように見えていたのである。しかし、よく見ればゆるやかに胸が上下している。

まだ生きている。

けれど、もう死ぬ。

正確に言うならば、今まさに白銀の竜が殺したということになるだろうか。

この子は竜の血を浴びてしまった。

竜の血は、強いエネルギーを有している。かつて人間たちは呪術にそれを利用したらしいが、その時でさえほんの一滴を希釈に希釈を重ねて使っていた。

原液は猛毒に他ならない。人間……それも幼子が触れたとなれば、まず生きてはいられまい。

ざあという潮騒(しおさい)の音が、小さな命の鼓動をかき消そうとしているように聞こえた。

竜は、銀幕のように巨大な翼を広げる。

自分の住まう神殿へと帰るのだ。

竜だからといって心がないわけではない。だが、その死生観は人間のそれとは大きく乖離(かいり)していた。

弱い生き物は死に、強い生き物が生きる。神はそのように、我ら生き物を創られた。

それが竜の中にある真理のひとつ、神からの教えであった。

赤子だろうと大人だろうと、神の教えの前には関係がない。

竜は入り江に幼子を残して、飛び去った。

それから少し経(た)った頃。

一週間だったかもしれないし、一か月だったかもしれない。

竜は再び入り江を通りかかった。鯱(しゃち)か鯨を食いたくなったのである。

入り江にはもう死体はひとつもない。白い波にさらわれ、掃除された後であった。星屑のような砂がきらめいている。

白銀の竜は海に飛び込んだ。潜行しながら翼を折りたたみ、泳ぎに適した流線形を取る。島から五百メートルほど離れた深海で、鯨を見つけた。泳ぎ始めてからほんの数十秒。こんなに早く見つけられるとは思っていなかった。運が良かったのだ。

竜は顎を開き、鯨の胴に噛みついた。体軀は竜よりも鯨の方がずっと大きい。けれど、竜の方がずっと素早く、そして力強かった。

竜は寸胴な鯨を咥え、一息に海面へと上昇する。そのあまりの速さに鯨はきっと、自分の身に何が起きているかわからなかっただろう。そしてわからぬままに意識を失った。噛み殺すよりも先に、急激な浮上による水圧差が鯨を殺したのであった。

竜は鞭のように首をしならせて、鯨を島に向かって放った。

真っ黒な巨軀が雫をきらきらとまき散らしながら、放物線を描き、飛んでいく。のんびりと空を飛んでいた海鳥たちが、大慌てで道を空けた。

竜の棲む島の入り江に、鯨の死体は落ちる。衝撃で小さな島の地面が揺れた。

竜は島に戻り、鯨の肉を食らい始めた。

全長十八メートルの黒い肉、その三分の一を腹に収めたところで、竜の食事は終わった。残りは後で食うつもりであった。

再び神殿に戻ろうとしたとき、竜はある生き物に気付いた。

猿に似た小さな生き物。

それはいつか見た幼子であった。竜は、幼子のことなど全く忘れていた。

竜は、青い目を見張った。

自分の血を浴びて、生きているとは。

女の幼子、髪の色は黒い。瞳も同じ色をしている。身にまとう服は子供用ではあるものの上等なドレスだ。服には海水で血を洗い落とそうとしたような皺があった。しかし、染みついた血の色を落とし切るには至っていない。

幼子が二本の足で、しっかりと立って、木の陰から自分を見ている。竜のことを警戒している。飢えている様子ではあるが、確かに生きていた。

竜はすぐに理解した。自分の血の影響だと。

竜の血は猛毒である。

一万人の人間にそれを浴びせたとしたら、九千九百九十九人は死ぬ。

けれど、一人は生き延びる。そして、毒を克服して生きることができたのなら、その人間は血の主と同じだけの力を授かることとなる。

この幼子はその「一人」だったのだろう。だからほんの三歳くらいに見えるのに、しっかりとした足で立っていられるのだ。

ああ、そうなのかと竜は思った。

運命が、天命が、神の思し召しが、この幼子を生き長らえさせたのだと。

竜は思いを決めて、神殿へと飛び立った。

大空を舞う中、竜は気掛かりに思った。幼子の肌が、不自然に黄色がかって、乾燥していることを。

見下ろせば、幼子は鯨の死体に駆け寄り、その肉を食らっていた。


その日のうちに、竜は再び入り江に向かった。鯨の食べ残しを食うためではない。

入り江の上空に差し掛かった時、竜の青い瞳は幼子の姿を見つけた。自分が作る大きな影から逃げるように、林の中へ駆けて行くところだった。

竜が入り江に降り立つ。幼子はまた木陰から自分のことを見ていた。いや、正確には鯨の肉を。

きっと竜が再び鯨の肉を食いに来たのだと思っているのだ。どれだけ食べ残されるのか、それが気になっているようだ。餓えた眼差しと黄ばんだ肌が、幼子の食事の状況を如実に表していた。食っているのは、虫か、木の根か。

『おいで』

竜は幼子に声をかけた。幼子はびくりと身を跳ねさせた。

『怯えなくていい。取って食ったりはしないとも。神は君に生きろと命じられたのだから』

竜が操るのは人の言葉ではない。

神より授かりし言霊、『真声言語』である。

遥か昔、人間がいくつもの民族に分かれ、多様な言葉を話すようになる前に使われていた言語だ。真声言語は、あらゆる生き物との意思疎通が可能である。相手の知能、知識など関係なく、相手に伝えたいことを伝えることができる万能の言語なのだ。

語りかける竜の声音は優しかったが、それでも幼子はまだ竜を少し怖がっているようだった。

竜の体高は十五メートルもあったのだから無理もない。

白銀の竜は、敵意がないことを示すべく、長い首をゆっくりと曲げてお辞儀をした。

そして、爪にひっかけてきた贈り物を差し出した。

色とりどりの果物である。

彼が住む神殿の周りに実っていたものであった。

竜の爪は大きく不器用だったため、果実のいくつかはもぎとるときに潰れてしまっていた。

『さあ、この実をお食べ。肉や虫ばかりを食べていたのでは体を壊す。いかに私の血を浴びたといっても、そのままでは死んでしまうよ』

幼子が最初の一歩を踏み出すまでは時間がかかったが、踏み出してからは早かった。ぱたぱたと駆けてくると、竜の爪から果物を取り、一口かじった。

それらはただの果実ではなかった。

『おいしい』

言ってから自分でも驚いていた。幼子は真声言語を喋れるようになっていたのだ。

幼子が口にした果実は、人間の国で言うところの梨や林檎に似ていた。けれど、それらはただの果実ではなかった。

『君が食べた果物。名を、知恵の果実という。口にした者に知恵と知性を授けるのだ』

果実に与えられた知性と、真声言語の万能性のおかげで、幼子はよどみなく意思疎通ができるようになっていた。

幼子は小さな口を両手で押さえた。

『いけないわ。昔話で聞いたの。人間が知恵の果実を食べるのは罪なんだって』

『はは、それは違う。知恵の果実を食べることが罪なのではない。果実から授かった知恵で、他人を陥れることが罪なのだ。そら、怖がらず食べるといい』

幼子は竜の言葉に安心し、残りの果実を口に運んだ。微笑ましい様子を見ながら、竜は幼子に忠告した。

『知恵の果実によって、君は人の心の機微を誰より敏感に察することができるようになるだろう。けれど、それで人を欺いたりしてはいけないよ。神は君を見ているからね』

幼子は頷きながら食べ続けた。

果実を平らげたあと、幼子は言った。

『ありがとう』

不自然に黄ばみ、乾いていた肌に瑞々(みずみず)しさが戻っていく。知恵の果実は、その栄養価においても、人の国の果実とは一線を画していた。

『どうして私を助けてくれたの？』

『助けたのは私ではなく神だ。神が君の命を救ったのだ』

『かみ？』

『君は私の血を浴びてなお生き延びた。私はそれを神の意思と解釈した。君はここで死ぬべきではない、と』

『かみさまって本当にいるの？』

『いるとも。現にこの島は、神の寵愛(ちょうあい)を受けているのだよ』

知恵の果実が生(な)り、生命の樹(き)が生え、小河にはネクタルが流れる。それがこの島なのだ。

『ここはどこ？』

『大洋にある孤島だ。人々は白銀島と呼んでいるが、神が授けた名前はエデンだよ』

今度は竜が尋ねる。

『ここがどこか、知らずに来たのかい？』

幼子は頷(うなず)く。

『怖い人たちにさらわれて、気付いたらここにいたの』

さらわれた。

幼子の着ている服を見て、白銀の竜は考える。

竜は決して世事に通じているわけではないが、彼女の服が貴族のそれであることくらいはわかった。浅ましい人間は略奪や誘拐を行うというから、この幼子はその被害者なのだろう。

『君を人の国まで連れていこう』

と竜は申し出たが、

『それはいやだなぁ』

幼子は俯(うつむ)いた。

『君の帰りを待つ家族がいるだろう？』

白銀の竜は、今日までにたくさんの人間を殺してきた。その全てが、彼の血や島の宝を狙う輩(やから)、降りかかる火の粉であったが、とにかく大勢、殺してきた。

ほとんどが大人の男だった。屈強な肉体の男であっても、半分くらいは死(し)に際(ぎわ)に母を叫ぶ。涙をこぼし、絶叫しながら、仮にそこにいたところで何の助けにもならないような女親を呼ぶ。

それだけに、幼子の言葉は意外だった。

『親がいるだろう？』

『いるけど、顔も知らないもん』

幼子の顔に表情はない。

『私、家庭教師にずっと預けられてるの。家が貴族だから、ちゃんとした人になりなさいって。お姉様もお兄様も、みんなそう。あっ、お兄様は、少しくらいはお父様に気にしてもらってるかもだけど。私にとっては親なんていないのと同じよ』

幼子は大きな瞳で竜を見る。

『あなたは？』

と幼子は聞いた。

『あなたもここでひとりぼっち？』

『いいや』

耳を澄ませてごらんと竜。

『真声言語を扱えるようになった今の君にはわかるはずだ。森の動物たちの鳴き声、虫のさざめきや鳥のさえずりが何を言っているか』

真声言語はあらゆる生き物とのコミュニケーションをとることができる。

今の幼子は、森に安住する動物たちの声を解し、彼らが心から幸福であることが分かった。

『いいなぁ……』

焦がれる声で幼子は言った。

『私もここにいたいなぁ』

『いればいいとも。君が望むなら』

幼子はくりくりとした目をいっぱいに見開いて、竜を見た。

『いいの？』

『もちろん。けれど、この島、エデンで生きるのならば神の教えに従わなくてはならないよ』

『かみの教え？』

『エデンにいるどんな生き物とも喧嘩してはならない。憎んだり、恨んだり、嫌ったりしてはならない。みんなが友達であり、家族なんだ。愛し合い、慈しみあうのだよ。それができるなら君はここにいてもいい』

『そんなこと、簡単だわ。そういう教えがあるのなら、エデンの生き物は私に嫌がらせをしたりしないんでしょ？　なら、憎んだり嫌ったりするわけないもん。その約束、守るわ』

『わかった。ならば、君と私は友達で家族だ』

幼子は無邪気に笑った。

『ねえ、なんて呼んだらいい？　私の名前はね』

『名乗らなくていい。ここは人の国ではないからね。私は君を、君と呼ぶ。君も私を、君と呼ぶのだ。互いに本当に愛し合っているのなら、名前などなくても十分なのだよ』

『わかったわ』

『その女の子らしい言葉遣いもやめるんだ。性差は差別を生むきっかけとなることがある。飾ることのない言葉を使うのだ』

『飾らない言葉……。どんな風？』

と幼子は口にしてから

『そうだ。あなたの……いや、君の真似をすればいいのだな』

と言葉遣いを変えた。

竜は大きくて細長い背に幼子を乗せて、住処である神殿へと向かった。

幼子はすぐに動物たちと仲良くなった。彼女がほんの三歳だったことが幸いした。もしもう少し歳を取っていたのなら、その心は世俗に汚れて、エデンの民たちと心通わせることはできなかっただろう。

幼子は花を愛で、風に謡い、兎と野を駆けた。

色々な生き物と親しくなったが、幼子が特に懐いていたのは竜だった。

『私に最初に優しくしてくれたから』

眠るときはいつも竜の尾に、または胴に、あるいは首に体を預けていた。

この幼子は、自分のことを親と、血を分けた父親と思っているのかもしれないと竜は思った。

幼子の成長はすさまじく早かった。

彼女が浴びた竜の血と、この島にしか実らない果物が、彼女を生命力あふれる生き物へと仕上げていった。

九年の月日が流れ、幼子は少女へと育った。

人間であればまだ十一歳か十二歳といったところだが、その知性の輝きは大人と遜色なかったし、身体能力に至っては人間を凌駕していた。神の果実による祝福は、肉体の成長を早めたので、年齢とは不相応に背が高くなり、胸が膨らんだ。時折、極彩色の鳥や、壮麗な孔雀、力自慢の大鷲から求愛を受けて困っている様子が見かけられるようになった。

少女は島に棲む馬より速く駆け、猪よりも力強く、蛇よりもすばしっこくなった。

だが、その成長の過程で少女の色は変化した。

漆黒から白銀へと。

竜が滴らせた、水銀のような血の影響だ。少女の髪は、竜の鱗と同じ色だった。

肌は白く、眼は血が浮いているかのように赤く、髪は月のような銀色となった。色素というものが、少女からは抜け落ちたのである。

再びエデンを狙う人間が島に来たのも、ちょうどその頃であった。

人間の襲来に応じて竜は入り江に赴き、彼らの船を撃退する。いつも、毎回、そうしてきたように。

だが、僅か九年で人間の科学水準は飛躍的に向上していた。

竜を倒すにはまだ及ばない。だが、攻めてきた軍艦には、竜の鱗を貫通するほどの威力を持った大砲が何十門と備え付けられていた。人が手にしている短機関銃は相変わらず豆鉄砲と大差ないものの、適正距離で撃てば鱗にひびを入れるくらいはできる。

断続的に響く砲撃の音。火花が夜の海を赤く照らす。

白銀の血が飛び散った。軽傷ではあるが、傍から見ると派手に噴き出しているように見えた。

艦船を二つに折りながら、竜は思った。

——もう長くは持つまい。

敵ではなく、自分がだ。

軍事力の目覚ましい発達を見るにあと十年、否、五年もすれば人間の技術は自分に致命傷を負わせるに至るだろう。そう、冷静に分析していた。

それはかまわない。

強きは生き、弱きは死ぬ。神はそのように生き物を創られた。

竜の時代は、ここまで。それだけのこと。

私は近い未来、殺される。

ふと、気付いた。煩わしい短機関銃が止んでいることに。

竜が潰したわけではない。白銀の竜は軍艦の相手をしているのだ。

浜辺に降りた人間たちが、いつの間にか死んでいる。

いや、殺されていた。

入り江は血に染まっている。九年前、自分がそうしたのと同じように。

小さな竜が、そこにはいた。

風になびく伸びっぱなしの長い銀髪は、まるで尻尾のよう。

まとう白き衣は、はばたく翼のよう。

天も地もなく、少女は飛び回る。銃弾の嵐をかいくぐり、少女は人を殺していた。しなやかな足から繰り出される一撃。受けた人間の頭が割れた。突き出される小さな手のひらは、防具ごと敵の胸を貫いた。

その姿は、まるで白銀の竜の娘のようであった。小さな竜が、親の手伝いをしているかのよう。

否。

きっと少女が、そう思いたかったのだ。

自分は、白銀の竜の娘であると。

ずきりと竜の心が軋んだ。

人間たちを撃退し、一匹と一人は神殿に戻った。少女は竜の傷を心配していたが、それが軽傷と知って安心したようであった。幸い、少女の方に怪我はなかった。

『どうしたものか』と少女は歯噛みした。

『人の武器が目覚ましい勢いで発達している。このままでは……君が殺されてしまう。エデンを守る竜が』と少女。

『そうだね。私は近い未来、殺される』

『どうして人はこの島を狙うのだろう』

『エデンには、知恵の果実や生命の樹など……たくさんの神の造物があるからね。現世での幸福が至上命題である人間たちにとっては垂涎ものなのだよ』

『だが、それらは君が死ねば灰になるはずだ』

白銀の竜はエデンの守護者である。

守護者が死した時、島の生き物は全て燃え上がって灰となる。知恵の果実も、生命の樹も、ネクタルも、全てが灰になるのだ。神は己が創造物を、浅ましき者の手には渡さない。

『エデンの造物は、灰になってもなお貴重な資源として利用できるのだよ。そして守護者である私は例外的に死んでも灰にはなれない』

竜の脂は燃料として、血は強壮の薬として、鱗は鎧として、牙は剣として、肉は栄養として、高い価値を持つ。

人間にとって、エデンとそこを守る竜は犠牲を伴ってでも狩る価値があるのだ。

『私たちは……誰にも迷惑をかけずに……平和に生きたいだけなのに……』と少女。

思いつめた様子の少女を、竜の青い瞳がじっと見ていた。

『生きたいのか、君は』

少女は小首をかしげて言った。『当たり前だろう?』

当たり前ではないのだ。

人の国では生への執着は当たり前だろう。だが、この島では違う。エデンの生き物は死後、その魂を救済されることが約束されているのだ。故に、エデン生まれの生き物は死を求めることこそしないが、憂うこともしない。

(この子はもしや……)

少し待っているようにと言って、竜は神殿の奥に向かった。

遥か昔、白銀の竜が人間から崇め奉られていた時代があった。天災に見舞われた時や、他国に戦争を仕掛ける時、人々は竜に供物を捧げた。宝石、金銀、花、衣服、人形、穀物、若い女。そのどれもが私には不要なものだったが……。

(あの子には必要かもしれない)

竜が向かった部屋には、たくさんの供物が収められていた。

色とりどりの宝石を前に、竜は立ち尽くした。人間の女が宝石を好むことを知っている。だが、人間の好みというものが竜には理解できない。きらびやかに輝く石のどれを選べばいいのか。

しばし考えこんだが、どれだけ時間を費やそうと不毛だと判明するだけであった。

竜は一つの宝石を選ぶと、傷をつけないように細心の注意を払いながら、少女の下へ戻った。

大きな爪の上に載っていたのは、ガーネットのネックレスだった。少女の瞳と同じ色をしているから選んだのだ。

『これを君にあげよう』

少女がガーネットを受け取る。

『これを、私に』

きれい、とうっとりした口調で言った後、少女は宝石をぎゅっと抱きしめた。

『うれしい。いつか、私に果物をくれた時と同じくらいに』

それで竜は確信する。

『気に入ってくれたのなら、嬉しい』

嬉しいけど、悲しい。

エデンの生き物が、宝石で喜ぶことはない。

――やはりこの子は人の国で生きるべきなのだ。

竜は供物の収められている部屋を爪で指した。

『あの部屋には、もっとたくさん宝石がある。服もある。全て君にあげよう。好きなように着飾ると良い』

少女はガーネットを握ったまま、こくこくと頷くと供物の部屋へ入っていく。

無邪気なそれを竜は寂しげな瞳で見送った。

少女は二時間近く部屋にこもった。

竜は彼女を待ち続けた。どれだけ待たされようと竜が人のように怒ることはない。数千年を生きる竜にとっては、二時間など瞬きにも等しい時間である。

部屋から出てきた少女は、全身を深紅の衣服で固めていた。ドレスも、コルセットも、ブラウスも、リボンも。

全て、ガーネットと同じ色をしていた。

『様々な色の服があったはずだが』

『赤が好きなのだ』

ついさっき、好きになったのだ、と少女。

『……この島の外には』と竜は続ける。

『もっとたくさんの服や宝石がある。君の好きな物、好きな赤がたくさんある』

はっとした表情で、少女は竜を見た。

赤い瞳と青い瞳がすれ違う。

『ない』

少女は言った。竜に言葉を続けさせたくないようだった。

『私の欲しいものは、この島にしかない』

『いいかい。よく聞くのだよ』

少女はかぶりを振ったが、竜は無視して続けた。

『私が死んだとき、この島のものは灰になる。この島のものは、だ。君はこの島のものではない。島の外で生まれた。私が死んでも、君は灰にならない。君は私が死んだ後も生き続けなければならない、島の外で』

そこまで言って、竜ははたと気付いた。

どうやら自分は、この娘に死んでほしくないらしい。

『島の外に私の居場所はない』と少女。

『君が島の外で過ごしたのはほんの二年か三年だろう？　そのたった二、三年、巡り合わせが悪かっただけだ。君に優しくしてくれる人間は必ず現れる』

少女は激しく首を振った。目の端から水滴が散って、大理石の床の上ではじけた。

それでも、と少女は繋ぐ。

『それでも……私に初めて優しくしてくれたのは、君だから』

他の誰でもない君なんだ、と少女は涙を目の端に溜めて言う。

『君といたい』

それは、竜とて同じ気持ちだった。

エデンの生き物はみな家族で友人だが、少女は竜にとって特別だった。

それはきっと、幼子の頃から彼女を見ているからだと思う。血の繋(つな)がりがない以上、確信は持てないのだが。

――どうにも私は、父親としてこの娘を愛してしまったらしい。

少女が言う。

『君に死んでほしくない。エデンの生き物はみな家族で、友人だけど……君は私にとって特別なの』

竜が心のうちで思ったのと、同じことを言う。

『人がこの島を攻めるなら、一緒に島から逃げよう。竜の秘術には人の姿に変身するものがあるだろう。一緒に人に扮して生きよう』

それは無理な相談であった。

『私はエデンを守護する使命を神より賜っている。放棄することなどできないのだ』

だがしかし。

『神なんて、本当にいるのか？　いるのならどうして私たちを助けてくれない？　私たちは何も悪いことをしてないのに』

『いいや、神は私たちを助けてくれるとも。いいかい、よく聞くのだよ。今から言うことを、君は決して忘れてはならない。私たちはエデンで、誰かを憎み、嫌うことなく、愛し合い、尊重し合って生きてきた。これは人の国では決して叶わぬ善行なのだよ』


だから、神はちゃんといるのだよ。

良いことをしたのなら、救済してくださるのだ。


『善行を積んだ魂は、死後、永年王国という場所に召される。そこは果てなく続く楽園だ。尽きることのない寿命を、病に侵されることも、老いに蝕まれることもなく、愛する者たちと過ごせるのだ。もちろん、海からの脅威に怯えることもない。私は君と、そこに行きたいのだ。だから、人の国に渡った後も神を疑ってはならない。教えに背いてはならない』

『魂を助けてやるから、今は諦めて死ねっていうのか？　神は……』

竜は悟った。

少女がこの島に来る前の三年間、それが致命的なものであったことを。

幼子ならば、間に合うかとあの時は思ったのだが。

この娘は神を信じていない。故に包み隠さず、真摯に打ち明けた世界の仕組みを受け入れることができない。

我が娘は、根本的なところで人間なのだ。

『……わかった。一緒に人の国に行こう。少し、人の世界で暮らしてみよう』と竜は言ったが、これは娘と共に人として生きることを決めたからではない。

娘を、彼女が戻るべき人の世界に慣れさせるためであった。

竜の傷が完全に癒えるまで三日かかった。

人の国へと向かう日の夜、竜は娘に自分の鱗を一枚、分け与えた。

『それを飲み込むのだ。すると君は少しの間、竜に変身できる』

少女は迷いなく、ごくりと鱗を飲み込んだ。小さな体が変化を始め、あっという間に小さな竜となった。

大きな竜と小さな竜。

並ぶ姿は、本当の親子のよう。

二匹の竜は島を発った。人の国へと。

目指すのはノーヴェルラントという帝国の首都。帝国で一番華やかな街、ニーベルンゲンだ。

と言っても、直接ニーベルンゲンに降り立つことなどできはしない。白銀の翼は目立ちすぎる。竜が最初に向かったのは、都から少し離れた人気のない場所だった。

二匹の竜が地に降り立つ。幸い、誰にも見られなかった。

大きな竜は秘術を用いて、青年の姿に変身する。短い髪の色は、鱗と同じ白銀。

小さな竜は少女の姿に戻る。人の姿に戻りたいと念じれば戻ることができた。

二人は裸であった。

少女は、手で胸と秘部を隠して座り込んだ。

そして林檎のように赤い顔になって言った。

『み、見ないで……』

青年は少女がそんなことを言う理由が分からなかったが、少女に背を向けることにした。

自分は少女の育ての父であり、少女もきっと自分を父と思ってくれている。親子であれば、互いに裸であっても恥ずかしがることなどないというのに。

青年は、近くの岩陰へと歩いていく。そこには大きな鞄が隠して置いてあった。中には服を始めとした旅支度が一式、入っている。昼間のうちに運んでおいたのだ。

青年は少女の方を見ないようにしながら、彼女のための服を渡した。背後から大慌てで服を着る音が聞こえてきた。その間に青年も服を着る。

『もう、見てもいいぞ……』と少女の声。

ノーヴェルラント帝国、その中産階級の服を着た少女がそこにいた。

衣服をまとった少女は人心地ついたようだが、今度は青年の方が緊張する番であった。

人の姿に変わっている間は、竜は本来の力を十パーセントも発揮できない。ともすると共にいる少女よりも弱いかもしれない。しかも、一部の人間は、人に化けた竜を見抜く目を持っていると聞く。万一、自分たちが襲われることがあれば、少女を守り抜くことは難しいのだ。


田園風景が見える。遠くには闇に落ちた山々が。

石造りの小さな橋へと向かう。それが都へ通じる道であった。

青年は少女の腕を引いた。

『私の傍にいなさい』

万一、襲われるようなことがあれば、青年は身を挺してでも少女を守るつもりだ。

少女の頬は赤い。けれど、それは恥ずかしさによるものとは、まったく別の紅潮であった。

少女は手だけではなく、身体まで青年に寄せた。

二人は夜通し歩き続け、やっと都についた。普通の人間なら足が棒になるところだが、二人には問題なかった。


ニーベルンゲンの大通りの前、街の名が彫られたアーチの下。ついに都に入るというところで、白銀の青年は足を止めた。

青年は、少女をまっすぐに見つめて言う。

『いよいよ人の都に入る。それに際して、君にお願いがある』

張りつめた声だった。

『どうか先入観を持たないで、周囲を見てほしい。優しい人はきっといる。楽しいと思えるものもきっとある』

少女は深く考えずに頷いた。

その頷きに、少しばかり嘘が混じっていたのに青年は気付かなかった。

というのも、少女は既に楽しいものを見つけていたのだ。

田園の他に何もない夜道を、青年に手を引かれて歩いているだけで、少女は楽しかった。胸が高鳴った。もう一度、手を取って、今度は青年の方から身体を引き寄せてほしいと思った。

『もう楽しい』と伝えることはしなかった。口にすればそれで目的は達成され、おしまいになってしまうのではないかと危惧したからだ。

少女はまだ、青年と歩いてみたかった。

高級でも安宿でもない、真ん中くらいのホテルを二人は拠点とすることにした。

部屋に荷物を置き、少しだけ休んで、二人は街に繰り出した。

首都というだけあって、街は実に賑わい、活力にあふれている。

だが、それだけだった。

少女が楽しいと思えるものは、その街には一つもなかった。

一緒に田園風景を歩いていた時のような、素朴な嬉しさや胸の高鳴りをその街で感じることは全然なかった。

なぜなら、右を見ても左を見ても、『竜殺し』にあふれていたから。

オペラの公演があった。邪竜ファヴニールを英雄が斬り殺す物語だ。あるいは叛逆の竜ルツイフェルに、神が雷を浴びせて地獄へ叩き堕とす物語。歌手は高らかに歌い上げる、英雄の誉れと竜の無様を。

広場には銅像があった。竜の胸に槍を突き立てる兵士の像。広場を駆けまわる子供たちは、竜殺しごっこをして楽しんでいた。竜殺しの役は人気で、取り合いになっている。結局、軍人の息子らしい子が竜殺しの役を取り、気弱そうな子が悪い竜の役を押し付けられていた。

本が売り出されていた。女性に人気のラヴロマンスで、何やら栄誉ある賞を取ったという。あらすじは、王子が竜を殺して姫を助け、結ばれるといったものであった。

小型の竜の肉をあぶった物が出店で売られていた。竜の肉を焼く炎、その燃料にも竜の脂を使っているという。質の悪い冗談かと思った。

にぎやかで、華やかなニーベルンゲンの街は、

青年が少女に「優しい人はきっといる」「楽しいと思えるものもきっとある」と言った街は、

少女にとって、
悪夢の具現に他ならなかった。

それでも少女は歩き続けた。

アーチをくぐる前に、青年が少女に言ったからだ。「どうか先入観を持たないで周囲を見てほしい」と。

歩き回って三日目に、竜を救済するという団体を見つけた。その瞬間だけ、少女の心は躍ったが、団体の活動内容を聞いて消沈することとなる。その団体は、竜を殺すに際して安楽死が必要であると説いていた。竜の命を救うつもりなど、そもそもないのであった。

三日でもう、十分だった。


ホテルのレストランに用意されたディナーは砂みたいな味がした。食べ物すら楽しめない。人の国の食材は、エデンで採れるものよりずっと粗悪なのだ。

——夜の道をずっと歩いていられたら良かったのに。

少女はフォークとナイフを使って、鳥肉を切り分けていく。知識として食器の使い方は心得ていたが、実践でいきなりうまく扱えるわけではない。少しぎこちなかった。

それを見た青年が言った。

『ナイフはこう使う。見るんだ』

青年は手際よく、鳥肉をさばいていく。美しく、鮮やかに。

がちゃんと少女の食器が音を立てた。

もう、限界だった。

少女の手には、ナイフもフォークもない。

ただ、拳を固く握りしめていた。少し、震えてすらいた。

少女はもう我慢ならなかった。

オペラも、銅像も、子供も、本も、出店もそうだが。

それ以上に、

そういう物を目の当たりにして、平然としている青年に我慢ならなかった。

『何も、感じないのか?』

『何がだ?』

青年が肉を口に運ぶ。

『竜が殺されている。それが賛美されている。竜が食べられている。竜が燃料にされている。同じ竜なのに、何も感じないのか?』

二人の会話は、真声言語で行われているから、レストランにいる他の客には聞き取れない。

『憎しみの炎を燃やしてはならないよ。たとえ今世で非業の死を遂げようと、心さえ清らかならば私たちは永年王国で会えるのだから』

青年は肉を飲み込んだ。

『神は我らにこう教えた。何者に対しても、憎悪の念を抱いてはならないと』

少女は唇を噛んだ。

『胸が痛くならないか？』

『ならないとも』

『頭が熱くならないか？　全部どうでもよくなって、ナイフを思いっきり肉に突きさしてやりたいと思わないか？』

唇が切れた。

『この街の何もかもを滅茶苦茶にしてやりたいと、そう思わないのか？』

『血が出ているぞ、唇を噛むのをやめるんだ』

『君が死んでも、誰も悲しまないんだぞ？』

『悲しむ必要はない。むしろ死は喜ばしいことだ。永年王国へ召されるのと同じ意味なのだから』

所詮、人は人であり、竜は竜だ。

二人は絶望的なほどすれ違っていたが、

――なんでこんな簡単なことがわからないのだろう。

互いが胸に抱いている思いは同じだった。


四日目は、歴史博物館に行った。

竜殺しの歴史を知るのが目的だった。少女のたっての希望である。少女はほとんどの施設に興味を示さなくなっていたが、ここだけは別だった。

もし、希望があるとしたら。

少女の体を熱が駆け巡る。心臓がどくんと高鳴る。

戦うしかない。

自分に流れる竜の血。人外の力を以て、人を制する他ない。竜が大地を支配していたという太古の伝説のように。

歴史博物館には竜の討伐に使われる武器などが展示されている。最新の武器の性能についても把握することができた。少女は血走った目で、その情報を見て、頭にたたき込み、理解した。

「ははっ」

思わず少女の口から笑いが漏れた。

「くっ……くくっ……」

口元を押さえる。行き交う見学者が胡散臭そうな眼差しで少女を見た。

——知ったことか、どうして嗤わずにいられるだろう。

まるで話にならない。

「人間の科学がこんなに発展しているとは」

竜の島に攻め込んできた艦隊は、「威力偵察」と「型落ちした艦の処分」を兼ねたお遊びに過ぎなかった。

攻めてきた人間も、訓練を受けた正規の軍人ではない。死刑囚や島流しの罪人などに武器を持たせただけの烏合(うごう)の衆。

博物館に置かれたスクリーンに、映写機がモノクロの映像を映している。

白銀の竜より巨大な竜が、人と戦っていた。

いや、人というよりは機械と戦っていたというべきか。

鉄の塊でできた車。大きな砲身を搭載している。

重装甲戦車というらしい。

戦車の上に載っている長く、太い主砲が竜に狙いをつける。

——カノン砲バルムンク。

それが主砲の名だった。

モノクロの映像に、音はなかった。

一瞬、スクリーンが真っ白になったと思ったら、次の瞬間には巨竜の胸に大きな風穴が空いていた。

巨竜が倒れると、同時に映像が激しく揺れる。どんと幕のような土煙が巻き起こった。

こんなものとどう戦えと？

竜の力は、あまりに前時代的だった。

『人の姿で一緒に暮らしてくれ。どこか、遠くの町で』

博物館を出た時、少女は青年に言った。

『それはできない。わかってくれ』

わからない、と少女は言った。

『神が何だ？　神も悪魔も天使も、どうでもいい。私は……』

少女は、少し間を置いた後、やがて意を決したように口を開いた。

『君が好き』

青年もうなずいた。

『私も君が好きだ』

そうじゃない、と少女は言った。

『父親としても……そうだけど……それ以外の意味でも……』

青年は大きく目を見開いたあと、手で顔を覆った。

『……おお、なんということだ。いかにエデンであろうと、それは許されないものなのだよ』

『人と……竜だからか？』

『そうではないと、わかっているだろう？』

人と竜であることは何も問題ない。エデンは自由な場所であるから、人と狼だって結ばれる。

問題は、二人の関係が親子であることにあった。血の繋がりがなくとも、親と子の恋慕は、エデンに存する数少ない禁忌の一つなのである。

少女とて、その禁忌を知らないはずがない。だが、溢れ出した言葉は止まらなかった。

『好きだから、君に生きてほしい』

青年は、その身を貫く信仰によって何も返すことができなかった。

『そう』と少女は呟き、

『どうあっても、死ぬ気なんだな』と竜に問うた。

『……ああ』

『なら、私も一緒に死ぬ』

『しかし、君は……』

『この街に来てわかった。竜の味方は、世界のどこにもいない』

だから、私だけは。

『私だけは、最後まで君の味方でいる』

少女の顔を見て、青年は驚いた。

さっきまで彼女の身を焼いていた怒りや、醜悪な憎悪、許されない恋心、そういったものがそこにはなかったのだ。

人はそれを悟りと呼ぶのかもしれない。あるいは諦めとも。

竜には、その区別がつかなかった。

『君と一緒に永年王国へ行く。そこなら……君を愛しても許されるか？』

『ああ、永年王国であれば、きっと』

永年王国には、あらゆる禁忌もルールも存在しない。真に自由な場所なのだ。

人の国を後にする時、少女は憑き物が落ちたような様子だった。

今の少女であれば、きっと神はお救いくださる。

そう思ったから、竜は少女とともに島へ帰り、いずれ訪れる滅びを共に迎えることにしたのだった。

島はしばらくの間、平和だった。

変わらず動物の楽園で、豊かな果実が生り、神殿は荘厳で美しかった。

人の国に渡った四日間はただの悪い夢だったのではないか。あんな場所は、この世界のどこにもないのではないか。そう少女が思えるほどに穏やかな日々が過ぎていった。

四年の月日が経ち、少女は十六歳となった。

竜の血を浴び、生命の樹と知恵の樹に生る実を食べ、ネクタルで喉を潤し続けた少女は、完璧に近い肉体美を有していた。その美貌は、神が創りし原初の乙女に限りなく近かった。

心も表情も豊かになった。

少女は毎夜竜へ紡いだ。愛の唄を。

それは竜の脳をも蕩かしそうなほど甘い音色だった。ともすれば、身をゆだねてしまいそうになる。

――愛している。

竜も愛していると返す。

――好きだ。

竜も好きだと返す。

決してそれ以上、踏み込まないように竜は心を強く持った。

少女を愛していたからこそだった。禁忌を犯さず、善行を積み重ねれば、次に会う世界では結ばれるのだから。

ほんの数年先に訪れるであろう破滅を思えば、今この少女の愛に応えることほど愚かしいことはないのだ。永年に続く楽園での営みを捨てて、数年の悦楽を貪るなど……。

滅びの日は、前触れなくやってきた。

神殿で竜は眠っていた。少女は赤いドレスで着飾り、彼に寄り添って、耳元で愛の音色を紡いでいた。

はたと、少女の朗々とした唄が止まった。

異変に気付いたのだった。

まず異臭があった。仄かに臭うそれに気付いたのは少女だけだった。

続けて、物音。

微かに耳を打つ、蜂の羽音のような音。続けて何かが崩れる音。それは白い天蓋の向こうから聞こえてきた。

突如、轟音とともに神殿が震えた。竜が目を覚まし、体を起こした。

少女と竜は、神殿の外に出る。

その日が来るのなら、少女は戦車と戦うことになると思っていた。

だが、今、一匹と一人を襲っているのは戦闘機だった。夜空を飛ぶ無数の不気味な鉄の塊。

攻撃は空襲だった。

竜は翼で大気を叩く。烈風を巻き起こし、上空へと飛び上がった。

その牙で、爪で、口から吐く炎で、戦闘機と戦う。

翼を持たない少女にできることは何もなかった。

白銀の竜は強かった。

一機、二機、三機と戦闘機を撃墜していく。

少女の胸が高鳴ったのは仕方のないことだった。

その勇猛は、その勇姿は、その巨軀（きょく）は、少女にとって無敵の象徴であるのだから。

いかに人間の武器が高性能だと知っていても、
少女は一度だって、白銀の竜が負ける姿を見たことがないのだから。

戦闘機が逃げていく。

竜はそれを追った。

入り江に向かう竜を、少女は追いかけた。見守り、見届けることしかできなかった。

……最初、自分の勘違いかと少女は思った。

怪我（けが）をしているわけでもないのに、竜の飛行高度が低くなっているように見えたのだ。

入り江に着いた時、それは確信へと変わる。

羽ばたきから力が失われ、みるみる高度が落ちていく。一体何が起きているのか、少女には
わからなかった。竜は苦しげに荒い呼吸を始める。

少女と竜は、自分たちが受けた最初の攻撃は空襲だと思っていた。だが、事実はそうではな
かった。

爆撃の前に、神殿の周囲に無数の発煙筒のようなものが落とされていたのだ。それは爆発することなどなく、静かに竜を襲い、蝕んでいた。

少女が気付いた、微かな異臭の正体。

最初に竜を襲ったのは、毒ガスだった。

勝敗など、戦う前から決していたのだ。竜が撃墜した戦闘機さえも、竜を入り江までおびき出すための囮だったのだから。

竜だけに効く化合物。それはみるみるうちに、身体の神経を麻痺させていく。竜は入り江につくと同時に、ずざざざと音を立てながら砂浜に着陸した。

竜の青い目は、海を、そこにいる敵を見つめていた。

海上、二十キロメートルくらい先に浮く艦隊。取り巻きのような小さな軍艦に囲まれて、異様な存在感を有する戦艦が主砲を竜へと向けていた。

主砲は、少女にとって見覚えのあるものだった。

少女は思い知った。

人の国で過ごした四日間は、決して悪夢ではなかったことを。

ともすると、この島で過ごした日々こそが幸せな夢に過ぎなかったということを。

カノン砲バルムンク。

その砲身が、地に伏す竜へと狙いをつけている。

少女は竜へと駆けた。

役に立てるかはわからない。それでも駆けた。

竜に向かって、右手を伸ばす。

同時に、閃光が夜闇を裂いた。

そう思った時には、少女の体は宙を舞っていた。光の砲撃は少女の右胸から右腕にかけてを吹き飛ばしていた。

絶大な威力だった。

少女が身を盾にできたとしても、きっと意味などなかっただろう。

べちゃりと少女の体が砂浜に叩きつけられた。即死しなかったのは、竜の血のおかげだ。だが、もう動くことなどできない。

少女はわずかに顔を動かし、竜を見た。

竜は少女同様に、いや彼女より深い傷を負っていた。

竜の右半身が消失していた。堅牢なはずの鱗は飴のように溶けて、千切れた右の翼の欠片が砂浜に落ちていた。

水銀のような血液が滝のように流れ出している。

白銀の竜は死んでいた。

青い瞳には一切の感情がない。

背後の草木が燃え上がった。

竜の死によって、島全体が一瞬のうちに炎に包まれる。

それを見た時、少女の体の奥でバチバチと黒い火花が散った気がした。

──おかしい。

この惨劇を少女は頭の中で何度も思い浮かべてきた。その度に覚悟を決めてきた。永年王国で自分たちは結ばれるのだから、死は喜ぶべきものなのだと理解した。

理解してきたのに。

竜は死にかけの少女を見て、涙を流していた。

竜の身体構造は涙を流せるようにはできていない。砲撃によって傷付いた眼球から、血液が流れ、泣いているように見えただけだったのだが。

──こんな姿……。

少女は首を動かす。竜を殺した戦艦を見る。

砲台の近くに砲撃手と思しき男が立っていた。普通の人間であれば視認できない距離だったが、竜の血を浴びた少女には男の顔がはっきりと見える。

黒い髪と三白眼の軍人。何の感慨もなさそうに竜と自分を見ている……と最初は思った。だが、目つきの悪い男が見ていたのは、燃え上がるエデンの方だった。

男の口が動く。竜の血を浴びている少女には聞き取ることができた。

「……おい、またかよ。どうして竜ってのは……こうも往生際と頭が悪いんだ。みっともなくあがきやがって。……こっちは果実が欲しいってのに……」

また無駄骨じゃねえかと、男は舌打ちした。

ぼうっと、

少女の中の火花が、業火に変わった。

——無駄骨？

無駄骨と言ったのか、あの男は？

私たちの楽園を燃やし、平和を乱し、愛する者を奪っておきながら。

それを、無駄骨と？

あらゆる負の感情、悲哀、悔恨、憎悪、憤怒を薪に燃え上がる炎。

(死ねない)

少女の体は、傍らの骸から溢れ出る竜の血で濡れている。

(渡せない)

要らないというのなら。

砂浜を満たしている銀色の血液を、少女は啜った。一滴だって渡せないと、舌を懸命に這わせて舐め取り、嚥下していく。

とにかく生き延びたかった。竜の血を取り込めば、この致命傷もどうにかなるのではないかと思っていた。

（あの男を殺せるなら……）

少女の赤い目に、復讐の火が灯った。

（あの男を殺せるなら、何も要らない）

少女は一心不乱に、愛する者の体液を飲み続けたが、どれだけがむしゃらになっても視界が暗くなっていくのは止められなかった。

やがて意識は闇へとさらわれた。

結局、
一人と一匹は、最後まで分かり合えなかった。


強襲揚陸艦フレデグント。

五隻の護衛艦を率いて、白銀の竜を殺した戦艦の名前である。

艦長はシギベルト・ジークフリート。ノーヴェルラント帝国の海軍将校だ。

シギベルトは竜殺しで名を馳せた一族、ジークフリート家の当主であった。だが、その容姿はあまり竜殺しの英雄らしくない。背が高くてやせぎすで、非常に目つきの悪い三白眼。声は低くて小さく、そして粘着質だ。しかも、とてもゆっくりと喋る。首からルビーのペンダントを下げていた。

シギベルトはうんざりした目で、燃え上がる島を眺めていた。

（またエデンが燃えやがった）

竜が護る島はエデンと総称される。世界のあちこちの海に点在し、どの島にも人類にとって未知の資源——神話に出てくる知恵の果実など——が溢れている……とされている。

されている、としたのは、実際に知恵の果実などを手に入れた者が皆無だからだ。

上陸作戦を決行すると……というよりは、竜を殺すとどの島も炎上する。かといって竜を殺さずに島を占領することは困難である。犠牲をいとわず竜を生け捕りにしたこともあったが、捕まえた途端に島は炎に包まれた。

結果、手に入るのは「エデンの灰」と呼ばれる燃えカスのみ。ただこれも資源としてはかなり価値が高いものだ。灰になってなお、エデンの造物は高エネルギーを有している。

今、世界中のエデンは灰に変わりつつあった。

本当ならば島を炎上させずにエデンを占領する方法を探すべきなのだが、そうもいっていられない事情があった。エデンの灰が高エネルギーを宿した代物であるため、世界各国がこぞってエデンを襲っているのだ。

シギベルト准将が属するノーヴェルラント帝国軍は、エデン攻略作戦において他国より有利であり、同時に決して後れを取ってはならなかった。

他国より有利であるのは、シギベルト准将、すなわち竜殺しのジークフリートを擁しているためである。近代兵器の発達は目覚ましいが、それでも竜を殺すのは困難だ。そこで竜殺しの出番となる。シギベルト・ジークフリートのみが操れるカノン砲バルムンクはいかなる竜も一撃で殺す。これはジークフリートの血だけが為せる業であり、他国には真似できない。

後れを取ってはならない理由は、ノーヴェルラント帝国が自国の資源に乏しいため。ノーヴェルラントはエウロパ大陸において列強のひとつだが、それは竜殺しの力によってエデンの資源を独占できていたことが大きい。他国がエデンの占領に成功した例はまだ少ないが、これから増えていくのは確実だ。そこで、灰でもかまわないから他国に先んじてエデンの資源を全て回収することとしたのだった。

上陸用舟艇に運ばれ、エデンに上陸した陸軍連中が懸命に消火活動をしているが、まあ、今回も灰だろう。「エデンの果実は、どういう理屈かわからないが内側から燃え上がる」と研究者は言っている。まるで人間の手に渡ることを神が拒絶しているかのように。

そのうち一艇の揚陸艇が戻ってきた。第一陣が灰を回収したのかと、シギベルトは気に留めなかった。

しかし、ほどなくシギベルトの友人が慌てた様子で彼の下に駆けてきた。

「ヤバい！　シギベルト！　ヤバいモンが見つかった！」

ヨハン・ザックスという男だ。ひどく狼狽しているが、これでも陸軍大佐の地位にある。シギベルトの方が階級は上だが、二人は階級を抜きにした友人関係にあった。とはいえ、作戦中は上官である自分には敬語を使ってもらわなければ困る。部下の目があるのだから。

「落ち着け。お前、今年で四十だろう」

「お前だって同い年だろ！　ああ、もう！　いいから来てくれ！　早く！　もう死ぬかもしれん！　そうしたらお前、絶対後悔するから！」

ザックス大佐に引きずられるような格好(かっこう)で、シギベルト准将は揚陸艇の格納庫に向かった。

鉄の床の上に、少女があおむけで眠っていた。白銀の髪が艶やかな光沢を帯びている。大人びた風貌の少女だ。赤いドレスを着ていたが、右腕から先がない。だくだくと血が流れ出ている。

「……こいつがどうした？　竜をかばって死にそうな女だろ。俺も見た」

ジークフリートの一族は、英雄の血がそうさせるのか超人的な身体能力を有する。竜を砲撃したのは二十キロメートルくらい先からのことだったが、そこで何が起きたかもしっかり視認していた。

エデンに人が住んでいることは、稀(まれ)にある。だが彼らは決まって、竜と共に死ぬか、果実と同様に燃え上がるかする。竜と心中するのはエデンに流れ着いた人間、自然発火するのはエデン生まれの人間と研究者は区別している。何を根拠にしているかまでシギベルトは知らないが。

この娘は前者だ。

「一緒に死なせてやれよ」

シギベルトがそう言わなくても、この娘は死ぬ他ない。腕がないだけならまだしも、砲撃によって右の胸まで抉(えぐ)れている。右の肺が欠けては助かる道理がないのだ。

「馬鹿！　この子の左手首を見ろ！」

ザックスが怒鳴る。

「……ああ？」

細い手首には、ある貴族の紋章が刺青として刻まれていた。

白銀の竜が、

愛する人が目の前にいる。

私は駆け寄って抱き着く。硬いはずの鱗(うろこ)が腐った果実のように柔らかかった。力を入れた分だけ、私の腕は彼の肉体の中に沈んでいく。

頭の上に、べちゃりとした何かが落ちてきた。

どろりと、竜の体が液状になっていく。半液体となった竜の頭が、私の髪に落ちてきたのだ。前髪の先から滴(したた)り落(お)ちてくる彼の体液を、私は舌で舐(な)め取った。

彼のお腹(なか)に顔を埋める。

かじるように、食べるように、嚙むように、啜るように、飲むように、舐めるように、
——口づけをするように、
彼に取り込まれていく。彼を取り込んでいく。
そう悪い気はしなかった。いや、はっきり言おう。むしろ多幸感に満ちていた。
愛する人の意思を無視して、蹂躙しながら、ひとつになる行為は、
想像を絶するほどに心地よくて、
恐ろしいまでに気持ちよかった。

第二章

指先に、毛布が触れる感触がして、少女は目を覚ました。

ノーヴェルラント帝国の軍営病院、そのベッドの上だった。

視界は靄がかかっている。意識も判然としない。体には力が入らず、全く動かなかった。

半目で瞬きを繰り返す少女に気付いたのは、たまたま居合わせた看護師だった。

少女の覚醒を知った看護師はあわただしい様子で部屋を出ていった。

看護師は、三人の医者を連れて戻ってきた。白衣を着た彼らは、動けない少女の体を触ったり、ライトで光を当てて反応を確認したりした。そういう行為も十五分くらいで終わった。


覚醒して、一時間くらい経っただろうか。

体はまだ動かないが、意識ははっきりとしてきた。視界もクリアーになって、クリーム色の天井に描かれた模様がはっきり見える。

軍服に身を包んだ男が部屋に入ってきた。

黒髪でやせぎすの三白眼。

胸には数多の竜を殺した証である鈍色の大バルムンク勲章が輝いている。襟元についている階級章は、男が准将であることを示していた。もっともそんなことはこの時の少女にはわからなかったが。

男の瞳はいくつもの闇を見てきた者に特有の殺伐とした暗さがある。虹彩もまた黒い。眉間に刻まれた深いしわもまた彼が歩んできた人生が、平坦なものではなかったことを表していた。

男は少女に向かって言った。

「久しぶりだな。……久しぶりらしい」

人間の言葉だ。真声言語ではない。

けれど、少女はその言葉の意味を理解することができた。少女が今日まで話してきた真声言語は、世界中すべての言葉のルーツとなったものである。真声言語を解するということは、過去、未来に亘るあらゆる言語に通じることを意味する。男が話した言語はノーヴェルラントの中でも上流階級だけが使う格式の高い言葉であったが、少女はなんなく解した。

だが、言っていることが分かったからといって、コミュニケーションを取ろうとするかは全く別の問題である。

体が勝手に動いていた。

それまでまるでいうことを聞かなかった体が、脳が指令を出すよりも速く動く。

バネのようにベッドから飛び上がり、少女は三白眼の男に飛び掛かった。

――コイツ、竜を殺した男。

その右手で――包帯の巻きつけられた右手で――男のすまし顔を破砕するつもりだった。怪我人とは思えない迅さ、そして威力を持った打擲が繰り出される。人間の動体視力で捉えられる域を超えていた。

それを男は片手でいなした。

蛇のような動きで少女の腕を巻き取ると、そのまま床に組み伏せる。

それで、少女はまったく動けなくなってしまった。

単純な力比べでは、絶対に少女の方が強い。少女は竜の血を浴び、エデンの果実を食べて生きてきたのだ。その肉体は、見た目も中身も完璧に近い。

一方、男はやせぎすで、病弱そうですらあり、あまり力があるようには見えなかった。にもかかわらず、少女は男に全く歯が立たなかった。

「女、俺の言葉を無視するな」

男の声は無機質だ。有無を言わさぬ迫力がそこにあった。

「挨拶されたら挨拶を返せ。お前の親はそう教えなかったのか？　ああ、教えなかったか……」

少女は黙って、男の言葉に耳を傾けることにした。それしかできなかった。

「なら、自己紹介をしてやろう……と言っても……お前は俺のことを覚えているかもしれないが」

少女には人間の世界にいた頃の記憶はほとんどない。

「俺はシギベルト・ジークフリート。竜殺しの貴族、ジークフリート家の当主だ」

それでも、おぼろげに覚えていることがある。

例えば、屋敷の大広間に飾られていた肖像画。数多いる子供の一人である自分では、一度だってお目にかかったことのない当主。

父親。

それが、シギベルト・ジークフリートだった。

「その顔。やはり覚えているようだな。……ええと、ブリュンヒルド」

ブリュンヒルド・ジークフリート。

それが三歳までの少女の名前だった。

竜の娘であり、竜の血を浴びた少女は、竜殺しの血を引く末裔であった。

「私はブリュンヒルドじゃない。私に名前はない」

竜の言葉が頭の中に蘇る。

『私は君を、君と呼ぶ』と竜が言った時から、ブリュンヒルドは名前を捨て、『君』となった。

「話を続けるぞ、ブリュンヒルド」

だが、そんな無垢の想いを踏みにじるかのように、シギベルトは話を進める。

「俺はお前のことなど覚えていない。ブリュンヒルドという娘がいたことも白銀島の攻撃作戦を終えるまで知らなかった」

「ジークフリートなんて、私は知らない」

シギベルトは自分の左手の袖をまくった。手首に紋章の刺青が彫られている。

「これと同じものがお前の左手首にあった。お前はジークフリートの血筋で間違いない。照会も済ませてある。十三年前にさらわれた……俺の娘だ」

これ以上、白を切るのは難しかった。

「だったらどうだという。まさか私にジークフリートの家督を継がせるとでも？」

「そうだ」

冗談を言っているようには聞こえなかった。

「心配するな。血の繋がりがあるからなんて理由で、俺はお前に愛情など感じていない。が、いい加減に跡取りを決めないと周りがうるさくてな」

うんざりしているような口調で言う。

「お前の生い立ちは察しが付く。白銀島に渡り竜の血を浴び……竜に育てられた」

家族ごっこだなとシギベルトは吐き捨てた。

ブリュンヒルドはカッとなって動こうとしたが、背中の上に乗られてしまい、どうにもならない。首をひねり、シギベルトをにらみつけて「ごっこじゃない」と呻くのが関の山だ。

見下ろすシギベルトの表情は、複雑な色をしていた。

「ザックスのヤツは話をすればわかると言ってたが……ダメだな。十三年も離れていては。それとも髪色が俺と真逆だからか？」

ブリュンヒルドの怒りなど、まったく意に介していないのんきな口ぶりだ。

「なんで……！　どうして動けない……」

「……ああ？」

歯を食いしばり、身をよじらせようとするが、それすらできない。

「ああ。教えてやるよ。お前は、俺には一生勝てん。服従するしか……ないんだ」

シギベルトはブリュンヒルドの右腕に巻かれている包帯を解き始めた。

ざわりと、ブリュンヒルドの脊髄を冷たいものが通り抜けていった。

島での最後の記憶を思い出す。

ブリュンヒルドは、竜の盾になりそこない、身体を吹き飛ばされた。右胸から右手までを失ったのだ。

なのに、

どうして自分にはまだ右腕がある？

「竜とトカゲは、やはり似ているな」

竜の血を浴びた人間は、自己治癒力が高くなる。だが、失った肉体を再生することなど到底できない。

「勝てないのは俺が竜殺しで……」

しゅるしゅると、包帯が床に落ちていく。

「お前が、竜だからだ」

現れた右手は、白く輝く鱗（うろこ）に覆われていた。

「あ、ああああああああ」

否、右肩が千切れた跡から、竜の腕が生えていた。

「良かったな、一緒にいられて」

「違う！　違う違う違う！　私は！　私は！」

「口の周りをべとべとに汚していたくせに……何言ってやがる」

あの時、竜の血を飲んだ。

コイツに渡すまい。彼は私のものだと。

飲んで、飲んで、飲んで、飲んだ。

右腕はその結果だった。

「下品なヤツだな」

頭の中が真っ赤になった。

「殺す！　殺してやる……！　貴様が……！」

「俺も同じ気持ちだ。お前を殺したい。エデンからの流れ者など……俺の眼には化け物に見える。娘ではなく、な。だが……」

シギベルトにブリュンヒルドは殺せない。圧力がかかっているのだ。ブリュンヒルドは燃えずに確保できたエデンの造物であると軍や研究機関は判断している。彼女の身柄を軍籍にして保護する流れが既に出来上がっていたのだ。

「貴様が竜を殺さなければ！　私は、こんな生き恥を晒さずに済んだ！」

「……殊勝な心掛けだな」と男は嘲った。

叫びに気付いて、医師が駆けつけてきた。「鎮静剤を」という声の後、左の腕に針が刺された感覚。意識があっという間に遠のいていく。

シギベルトがブリュンヒルドに背を向け、どこかへ行く。

「覚えておけ……。殺す……きさ、まが……どこに逃げようとも。……父の……仇……この手、で……」

どんどん体から力が抜けていく。

シギベルトは首だけ振り返って言った。

「俺を殺そうとするのは、お前の勝手だろう。そんなこと、お前の父親は望んでいないと俺は思うがな」

意識が混濁してきて、音がすごい勢いで遠ざかっていく。

でも、

——他人の為みたいに言うなよ。

遠ざかる意識の中でも、男のその言葉は、はっきりと聞き取れた。

口が動かない。

言い返すことができなかった。

軍靴の足音が小さくなっていき、聞こえなくなった。

シギベルトは病院を後にする。

次のエデン攻略作戦のため、その日のうちに港町へ向かうつもりであった。

だが、病院の庭を横切るとき、黒い髪をした少年に出くわしてしまった。

自分と同じ色の髪、同じ色の瞳。

十七歳の少年。

名をシグルズ・ジークフリートと言う。シギベルトの息子であった。

シギベルトは息子の前で足を止めた。だが、何も言わない。

いや、言えない。

シギベルトは人と話すのが得意ではない。誰に対しても、自分から話しかけることはあまりしない。息子に対しても同じであるが、けれどその無言は他の人間に対するものとは性質が違った。

死んだ母親に似た黒目がちの瞳が、責めるように自分を見ている。

何を言ったらいいかわからない。これならば、竜の娘を相手にしていた時の方が、ずっと楽だった。

しびれを切らしたように、息子シグルズが切り出した。

「……ブリュンヒルドに会いに行ったんだってな」

「……ああ」

反抗期の息子は、自分に敬語を使わない。まあ、それはいい。

「家には寄らずに港に向かうのか」

「……そうだ」

ザックスは言っていた。親子の間には見えない絆があると。

それは事実だと思う。自分は、息子を相手にすると、どうしてか普段より言葉に詰まるのだ。

「軍籍にして保護するんだって？　階級も与えるとか」

「……そうだ」

「俺の時は、そんな気遣いなかったのにな」

シグルズもまた軍籍だ。階級は軍曹。年齢不相応な上位の階級ではあるが、そこにジークフリート家の後ろ盾はない。周囲が勝手にジークフリート家の圧力を見出してシグルズを出世させたところはあるだろうが、少なくとも融通を利かすように当主が働きかけるようなことは一切なかった。

シグルズは二等兵から始めて、軍曹に至る。

シグルズが努力していることは知っている。

だが、

「……軍を辞めろ」

シギベルトの言葉は残酷だった。

「竜殺しは……お前が思うような楽しいものじゃない」

シグルズが一歩、シギベルトの方へと足を踏み出した。摑みかかりたくなったのを押しとどめたらしい。

「実力を示さないと……父さんは俺に竜殺しを継がせないだろ！」

「どれだけ頑張ろうと……竜殺しを……バルムンクを継がせるつもりはない。……お前には」

「お前には？」

シグルズは言葉の意図を敏感に読み取った。

「まさかブリュンヒルドに……？」

「……可能性はある」

「どうしてだよ。十三年も家にいなかったヤツに……」

シグルズは怒りのあまり、それ以上は言葉を続けられないようだった。

シギベルトは、どんな言葉をかければいいかわからなかった。だから、息子を置きざりにして港町へと向かう。

「俺は、軍を辞めないぞ！」

背後から息子の声が追いかけてきた。

「俺の方がアイツより優秀だって、証明してやる！　そうすれば……！」

息子の声が聞こえないふりをして、父は去った。


ヨハン・ザックスはノーヴェルラント陸軍の大佐である。

シギベルト・ジークフリートとは同期で、同い年だ。けれど、年齢以外の要素は正反対だった。

シギベルトは口数が少なく物騒な男。合理主義者で、いつだって最短距離を進む。

ザックスは陽気でおしゃべり。楽観主義者で、人生の醍醐味は寄り道にあると思っている。

そんな正反対の二人が懇意にしているのは、傍から見ると不思議なものだったが、正反対だからこそ、互いの姿に自分が持っていないものを見出しているのかもしれない。

合理主義者と楽観主義者では、自然、出世の速度には差が出てしまったが、ザックスは気にしていなかった。彼は階級とか堅苦しいものを重視する人間ではない。むしろ、煩わしいとさえ思っていた。

さて、そんなザックスへ友人シギベルトが頼みごとをしてきた。

珍しいことではない。シギベルトとザックスは、持ちつ持たれつの関係にある。自分の不得手とする分野の仕事が回ってきたら、素直に友人に助けを求める。あれこれ悩むより、それが手っ取り早い。その分野は、自分と正反対の友人が得意とする分野であるのだから。

シギベルトがザックスに助力を求めるのは、大抵が社交性を要する分野の仕事であった。後進の育成や、有能ではあるけれど問題のある軍人の矯正。シギベルトは暴力で解決しようとしてしまう。暴力はその場しのぎの終結を見せるけれど、根本的な解決には程遠い。

そこで、人好きのするザックスの出番なのだが……。

「はぁああああああああああああ〜……」

病院に向かう送迎車の中、ザックスは大きなため息を吐いてしまった。運転手が驚いてミラー越しにザックスを見た。

今度の問題児は、格が違った。

(竜の血を浴びてて、竜の娘で、なのに名門の竜殺し一族で、極めつけは十六歳の女の子なの……？　冗談だろ)

髪をぐしゃぐしゃとかきむしりたくなる衝動を抑え込む。せっかくセットしてきたのに、無駄にするわけにはいかない。女の子相手だと、特にファーストインプレッションが重要なのだから。もうおじさんと呼ばれる年齢だからこそ、ザックスは清潔感には人一倍気を遣っていた。

問題児の名前は、ブリュンヒルド・ジークフリート。

先月の白銀島攻略作戦の際に回収された少女。

問題となる要素は、大きく分けて四つだとザックスは分析していた。

ひとつ、竜の血。

浴びれば九十九パーセントを超える確率で死ぬ猛毒であるのは、世間にも知られたところ。だが、運よく生き延びることができても、なお精神に支障をきたす恐れがあることは、軍事関係者と医療従事者、学者、研究者以外にはあまり知られていない。

ザックスの見立てでは、件の少女は九分九厘、精神に異常をきたしている。

そうでなければ、竜の娘を自称はしないだろう。この自称が問題の二つめだ。いや、どうなんだろう。狼に育てられた少女の話を聞いたことがある。特殊な状況下であれば、人外の娘を自称することは、ありえなくはないかもしれない……？

しかも……三つめの問題だが、そんな野蛮な生い立ちでありながら、なんと血筋は名門ジークフリート家なのだという。嘘だろ。

無二の親友の娘だ。

いくら俺が親友だからって、コミュニケーションを取るのが苦手だからって、自分の娘の世話を頼むか？

お前の娘だろ。一度くらいちゃんと会話しろ、親子なんだから。そう説き伏せて多忙のシギベルトを都に留まらせた。ブリュンヒルドが目を覚ますまで。

で、ブリュンヒルドが目覚めた後、シギベルトを見舞いに行かせた。

そこで、どんな会話があったかは知らない。

戻ってきたシギベルトはいつもの陰気な口調で言った。「……俺には無理だ。ヤツは扱えないし、扱うつもりもない。殺処分したい」

おいおい、そりゃああんまりだろ。十三年間……いや、ジークフリート家の事情を考えれば初めて顔を合わせる娘かもしれないけど、それでもお前は父親だろ？　殺処分なんて、間違っても言っちゃいけない言葉だぞ。

普段は温厚なザックスだが、その時はキレてしまった。怒鳴り散らしたし、手が出る寸前まで行った。

それで、シギベルトはブリュンヒルドをザックスに押し付けることにしたのである。「エデンから回収してきたのも、ヤツの身を案じているのも、お前だ。俺よりもお前の方がずっと父親らしい」と。

綺麗に整えられたひげを撫でて、考える。

（……任せる、じゃねぇよ）

ヨハン・ザックスは、シギベルト・ジークフリートという男を知っている。

世間では英雄的な竜殺しとして知られている。それは、事実だ。エデン攻略作戦は、アイツなしでは為しえない。

だがシギベルトの本当の武器は洞察力だと、ザックスは思っていた。アイツの三白眼は、いつだって物事の本質を捉えている。

きっとアイツは、軍の一番上まで行くだろう。正解を見抜ける洞察力を武器に。

「けどなあ……シギベルト」

ザックスはぼやいた。

「今回の決断ばっかりは、間違ってんじゃないかなぁ……」

いくら彼女を救助したのが俺でも、いくら俺が彼女を心配したとしてもだ。

父親はシギベルト、お前なんだから。

俺はブリュンヒルドの父親じゃない。

送迎車から降り、病院に入った。

ブリュンヒルド・ジークフリートが入院している個室に向かう前に、鏡で身だしなみを整えた。相手が竜の娘でも、女の子であることには変わりない。

目にぎりぎりかからない長さの前髪を念入りに調整した。うん、多分大丈夫だろう。

ザックスは若い頃は美丈夫だった。

女遊びが趣味の、良くない奴だった。

歳を取って若かりし頃の活力や瑞々しさは顔から消えていったが、その分、包容力を感じさせる顔つきになっている。軍内部には密かに憧れる女性が多い。

だが、ザックスには交際している女性はいない。

忘れもしない。

天罰が下ったのは、二十四歳の冬。遊び相手だった女に刺されて緊急搬送されてから、女性関係は全部切ったのだった。

女の子は、怖い。

身だしなみの最終チェックを終えて、「よし」と呟く。気合を入れたのだ。

一応、
ポケットに、ザックスの得物であるダガーを忍ばせておく。

もし、人間でなく竜の娘であれば、襲われるかもしれない。シギベルトほど強くないにしても、シギベルトよりはお人好しであっても、ザックスもまた腕の立つ武人なのであった。

(まあ、生い立ちを聞く限りだと、俺じゃ歯が立ちそうにないけどな)

ダガーは、必要なかった。

個室の窓は開け放たれていた。吹き込む風に、カーテンが波打ち、揺れている。

ブリュンヒルド・ジークフリートは、ベッドの上で体を起こしていた。白銀の髪は陽光を受けて、赤く染め上げられている。瞳は静かな闇の中でくすぶる焚火(たきび)のよう。

黒い炎が人の形をして、佇(たたず)んでいる。

それが、ザックスがブリュンヒルド・ジークフリートに抱いた印象だった。彼が部屋を訪れたことに気付いても、ブリュンヒルドは一顧だにしなかった。

「ブリュンヒルド・ジークフリートって君のこと……？」

少女は反応した。だが、そのタイミングは、ブリュンヒルド・ジークフリートという名を呼ばれた時ではなく、『君』という呼びかけに対してだった。

「『君』と呼ぶな。人間」

事情は分からない。探るつもりもない。呼称へのこだわりや執着は、得てして本人にしかわからない何かが原因だ、というのがザックスの経験則である。

「それじゃあ……なんて、呼べばいいかな？」

「お前は誰だ」

しまったと思った。人に名前を尋ねる前に、まず自分から名乗るのが礼儀だ。

ザックスは眉を下げ、口(くち)の端(は)を緩やかに上げた。彼の柔和な微笑(ほほえ)みには、相手の警戒心を緩める効果がある。相手が人間であれば、だが。

「ごめんごめん。俺はヨハン・ザックス。ノーヴェルラント陸軍で大佐をやってるんだ。シギベルトとは古い仲でね」

シギベルトの名を出して、様子を窺う。共通の知人をきっかけに話を広げられればともくろんでいた。それは成功したようだ。ブリュンヒルドの眉がぴくりと動いたから。

「あの男は、どこに？」

言葉に敵意がこもっている。無理もない。シギベルトは竜を殺しているのだ。

「海の上、としか。俺も知らないんだ」

自分の行き先を決してヤツに教えるな、とザックス大佐はシギベルト准将から仰せつかっていた。

少女は不気味な深紅の瞳でザックスを見つめながら、

「嘘だな」

と、まるで心を読んだかのように断言した。

「なぜ、嘘を吐く？」

こういうときの切り返しには慣れている。

弱ったような困り笑いをザックスは作る。

「嘘じゃないよ。アイツはエデンの攻略で世界の海を渡ってる。同じ船に乗ってるヤツしか、居場所は把握できないんじゃないかな」

　不気味な少女は、目を細めてしばらくザックスを見ていたが、

「そうか」

と諦めたように言うと、ザックスから視線を外した。

また人形のようにじっとする。

「シギベルトから、き……ブリュンヒルドのことを頼まれている」

うっかり『君』という呼称が喉元まで来ていたのを、押し戻す。

もう反応してくれない。だから、一方的に話し続けた。

「シギベルトは忙しくて、しばらく首都にいられないんだ」

　声色は可能な限り柔らかく、相手を刺激することがないように。この少女は一度、ノーヴェルラント軍で最強と名高い男、シギベルトに飛び掛かったというのだから。

「何か、聞きたいことはないかな？　自分の状況だとか、これから先のこととか、軍籍になることについてとか、なんでも」

「どうでもいい」

　にべもない。

「採血がいやだとか、右腕の鱗を剝がされると痛むとか、困っていることはない？　俺から医者の方に掛け合ってみるけど」

生きたエデンの果実たるブリュンヒルド。

生体実験こそ行われていないものの、その身体を構成するあらゆる物質については連日、採取と成分解析が行われている。ブリュンヒルドの怪我はほとんど治っているのに未だに退院できていないのはこれが理由であった。身体能力及び知能測定テストなども実施されているようだが、こちらについては極めて非協力的でうまくいっていないらしい。突然人間に襲われて住処を追われたのだ。協力したくないと思うのも当然だ。

「検査も研究も……好きにすればいい。私がやることはひとつだけ」

あの男を必ず殺す、と。

親友への殺意を、ザックスは肯定こそしなかったが否定もしなかった。

「気持ちは、痛いほどわかる。家族を殺されたんだ。殺してやりたくもなるさ。でも、そうやって……敵意をむき出しにするのはあまりうまくないよ」

「うまくない……？」

「だって、世界のすべてがあなたの敵ってわけじゃないんだ。今のあなたに全部が敵に見えるのは仕方ない。でも、少しずつ、そうでないことをわかってほしい」

ブリュンヒルドを実験動物として研究施設に放り込む提案をした者がいた。

けれど、それに反対し、得意の弁舌を最大限に振るって、軍で保護するようにどうにか漕ぎ着けた者もいる。

それがザックスであった。声高に味方だというつもりはないが、ザックスはできるだけこの十六歳の少女の助けになりたいと思っていた。

……どうしても、自分の娘と重ねてしまうのだ。

「今日はこれで引き上げるよ」

面会の時間は短く。

時間をかけて、この子の壁を溶かすように崩していけたら。

今、少女はデリケートな状態にあるようだから。

「それじゃあ、また」

ザックスの病院通いが始まった。

通い始めてもしばらく目立った変化はなかった。

ザックスが話しかけても、無視するか、短い返事をするだけ。

――正直なところ、気味が悪かった。

暗い赤色の瞳で、ただただこっちを見ているのだ。じーっと。観察するみたいに。

けれど、一週間を過ぎた時、少女の方からザックスに話しかけてきた。

少し考えを改めます、と。敬語で。

「以前、四日間だけですが外の世界で過ごしたことがあります。この世界に竜の居場所はない。それを知りました。竜の娘である私がそんな世界で生きようと思ったら、人間が私に求めることを粛々とこなす他ありません」

ザックスは目を見張った。しばらくぽかんとした後に、

「難しい言葉を使うんだね……」

などという感想がこぼれてしまった。それはしかたないだろう。竜に育てられた人間が、こうも難しい単語や敬語を扱うと誰が想像できただろうか。

「エデンで、知恵を授かりましたから」

未だ、壁はある。高くて、堅い壁だ。

けれど、ほんの少しでも柔らかくなったことがザックスには嬉しかった。

「あなたの言う通り、私にはこの世界のすべてが敵に見えます。ですが、あなたは他の人間よりは私に好意的であり、同時に私が頼れる相手はあなたしかいません」

「ザックス」

少女は初めて、大佐の名前を呼んだ。

「頼って良いですか？」と聞いてきた。

「もちろんだよ」以外に、答えは準備していない。

ブリュンヒルドは「人間の世界、特に私が生きていく『軍』に関する知識が欲しいです」と言った。

彼女はどういうわけか字が読めたから、本を渡すことにした。最初は子供向けの本を三冊持っていったのだが、次の日には読み終えていた。

そしてザックスの顔を見るなりこう言った。

「ザックス、次はもっと高度なものを持ってきてください」

次に持ち込んだ入門書五冊も、たった一日で読み終えてしまった。

持ち込む本は堅苦しいものばかりになっていく。

けれど、本の難しさに反比例するかのように、少女の言葉は柔らかくなっていった。

ザックスとの対話を経て、何かを学んでいっているようだ。

日を追うごとに、少女の周りには本が増えていった。国の歴史や政治、軍事に関する本を読みたがったから、部下に指示して運び込ませた。

自分が属することになる軍の書物を勤勉に読みふける少女。

その姿は、ひたむきで、ひたすらだった。

今時の訓練生に、こんなに真摯な子はいない。ザックスの若い時の百倍は努力家だ。あまりに打ち込みすぎていて、部屋に入りにくかったことも何度か。

でも、ザックスは少しだけ心配だった。

教本ばかり読んでいては、心が豊かにならない。頭でっかちな子に育ってしまう。

そう思って、教本の間に一冊の本を挟んで渡した。

狼に育てられた少女の物語の本。

狼の親を失った少女は、人間の世界に招かれる。狼の少女は最初こそ戸惑うが、優しさに触れて次第に人に慣れていき、最後には人と共に生きていく。幸せな結末を迎えるのだ。

その生い立ちは彼女に似ていて。

そういう結末が、彼女の未来であってほしい。

次の日、病室の扉についている窓から、たまたまその物語を読んでいる彼女を見た。

彼女の瞳から、つぅと涙が流れていた。

その日ばかりは、声をかけずに引き上げた。

白銀の竜は、美しい心の持ち主だったと伝え聞く。

その竜と過ごしたから、彼女の姿は美しく、そして無垢なのだろうか。

通い始めてから二週間が過ぎた時だった。

「ブリュンヒルドとお呼びください」

少女は言った。その頃には、ブリュンヒルドの軍に関する知識量はかなりのものになっていた。

「ザックス大佐は、大佐です。上級将校です。私が正式に軍籍になった時、どのような階級を与えられるかはわかりませんが、准将以上ということはないでしょう。部下になる私を大佐が『あなた』と呼ぶのはおかしいです。これからはブリュンヒルドとお呼びください。私も『ザックス』ではなく、大佐とお呼びいたします」

それから、ちゃんと敬語を使うようにします、と少女。

「……ああ、わかった」

少女は少しずつ人間になろうとしていた。

そのために人間界のルールに順応しようとしていた。このところは身体能力・知能測定テストにも協力的らしい。

それらは喜ばしいことだけど、彼女が敬語を使い俺を大佐と呼ぶようになってしまったのは、ちょっと寂しかった。ちょっとだけ。

ザックスが、若い頃の失敗について話した時のことだった。

少女は少し だけ俯いて、口元を隠すように手を当てた。

その口角は緩やかに上がっていて、くすりという気持ちのいい音が漏れ聞こえた。

初めて、少女が見せてくれた笑顔だった。

物語に涙しているのを見た時から、わかっていたことだけど。

この子はちゃんと心のある人間だ。

見た目こそかなり大人びているし、頭も良いけれど、中身は等身大の……十六歳の少女のようだ。


色々な話をするようになった。

「私のことが載っています」

その日、ブリュンヒルドはベッドの上に、三紙の新聞を広げていた。

「エデンから帰ってきた少女」「十三年前に失踪した令嬢、竜の島で見つかる」「竜殺しの家、竜の娘を生んでいた」などと好き放題な見出しが躍っていた。

「大佐、私の存在は世間の知るところなのでしょうか」

「……そうだね。有名人だよ」

エデンで見つかった少女については軍内に緘口令は敷いたが、やはり人の口に戸は立てられない。どこからか情報は洩れ、どこからか情報を記者が嗅ぎつけて、この新聞記事に至る。少女をこんな風に刺激したくはなかった。

「人の国には差別があると聞きます」

少女は包帯で覆われた右腕を、左手で摑んだ。彼女の右腕は竜の鱗に覆われているのだ。

「そんなことになったら、私、耐えられません」

「心配しないで。右腕のことと、竜に育てられたことは、世間は知らない」

「しかし、見出しには竜の娘と」

「新聞社が大げさに書いただけだ。たまたま実情と一致したけどね。信じているヤツはほとんどいないよ」

新聞記者からの追及を受けて軍が公表した事実は「ジークフリート家の娘が無人島で見つかった」ということだけ。

「窓の外を見下ろすと、たまにカメラを持った人を見かけます。あの人たちが記者なのでしょうね」

ザックスはぼりぼりと頭を掻いた。

「病院の敷地への立ち入りは禁止なんだけどなぁ……」

「そうなのですか？　真夜中に私の部屋に来た記者もいましたよ」

「え……？　本当？」

「はい。たまたま看護師さんが通りかかったら、逃げるように去っていきましたが……」

ブリュンヒルドはベッドを覆う白いシーツを握った。

「……ちょっと怖くて」

「警備を強化してみるけど……。こればかりは、どうしようもないかもなぁ」

「大佐にも、勝てないものがあるのですか」

「上級将校も、世間には勝てないよ。申し訳ないけど……辛抱してもらうしかないな。数か月は」

「数か月、ですか?」

「うん、この国の人間は熱しやすくて冷めやすいからね。数か月後には別の誰かに夢中になってるんじゃないかな」

「私のような人が過去にも?」

「ブリュンヒルドほど特異な人間はいないけど、同じくらい注目された人ならいくらでもいるよ。悪いことをした人なんて紙面で信じられないくらい攻撃されるしね。だけど、みんな、数か月後には忘れられている。安心してよ、数か月後には静かな生活を送れるようになっているからさ」

ブリュンヒルドは少し考え込んでからぼそりと「……攻撃を」と呟いた。

ブリュンヒルドは好奇の光に満ちた赤い瞳で大佐を見て、言った。

「大佐。今日から新聞もたくさん読んでみたいです」

お互いの身の上についても話をするようになった。

研究者から、「エデンがどのような場所であったか聞き出してほしい」と言われていたが、そんなことは知ったこっちゃない。ザックスは彼女から聞いたエデンのことを他の誰にも話さないようにした。話せば、酷い裏切りになるような気がしていたのだ。

「人間の国は、意味の分からないルールだらけです。困惑します」

「エデンにはどんなルールがあったの？」

「ルールはありませんでした。エデンでは全ての生き物が友人で家族です。誰も意地悪や悪いことをしないから、ルールが必要ないのです。人と狼が結ばれてもよいですし、女が女を好きになっても問題ありませんし、男が髪を伸ばしてもかまいません。家族はいても家督はないので、自分の生涯を自分で決めることができます。制服ではなく、お気に入りの服を着ていいのです。身分に不相応だと脱がされることもありません」

そのどれもが、人の国ではありえないことのようですが、とブリュンヒルドは苦笑した。

「……ああ、でも、禁忌はあったようでした」

白くて長いまつげを伏せる。表情が一気に暗くなった。

「娘が父親を愛してはならないのです」

ザックスの心臓がきゅうと締め付けられた。

「大佐、それは人の国でも同じでしょうか。娘は父を愛してはならないのでしょうか」

手を組み、密かに深呼吸をしてからザックスは答えた。

「そんなことはないよ。だって、パパと娘は家族だもの。愛し合って何が悪いんだい？」

ザックスの答えに、少女は顔をほころばせた。

「そこだけは、エデンよりも自由なのですね」

「そうとも。むしろ娘に愛されることほど、父親冥利に尽きることはないんじゃないかな。女の子は成長するにつれて、男親を嫌いになる傾向にあるからね」

「大佐のご息女も、そうだったのですか？」

「えっ」

ザックスの時間が止まった。

ブリュンヒルドは瞳に戸惑いの色を浮かべた。

「大佐にはご息女がいらっしゃると、お話しぶりから推察したのですが……」

「……ああ、うん」

言葉に詰まった。

「いたよ、娘は。俺の場合は……嫌われて当然なんだけどね」

ザックスの瞳の色から、何かを読み取ったのだろう。

ブリュンヒルドは、それ以上質問をしなかった。

一か月が経った。ザックスはほとんど毎日、病院に通った。

「大佐って暇なんですね」

甲斐甲斐しさが実を結んだのか、今ではちょっときつめのジョークも言ってくれる仲になった。ほんの少しくらいは心を開いてくれたかもしれない。

ちなみに大佐は暇ではない。

今も仕事中だ。ブリュンヒルドの後見は、准将からの正式な命令なのである。職務遂行中だ。

「お見舞いに誰も来ないなんて、寂しいじゃないか。それに今日はいよいよブリュンヒルドが退院する日だ。お迎えを兼ねてる」

ブリュンヒルドの体液等の採取を要する研究は、昨日で全て終わった。このあとはサンプルをもとに引き続き成分調査をしたり、実験動物に投与して経過を観察するらしいが、ブリュンヒルドが入院している必要はない。

「退院ということは、今日から私も正式に軍籍になるのですね」

ブリュンヒルドがベッドから降り、気を付けをした。

そんな風に肩ひじを張らなくていいんだよ、と言いかけたがやめる。

ザックスはごほんと咳払いしてから、いかにもいかめしい顔を作った。

「まずは任命書から……」

といって、羊皮紙をカバンから取り出した。製紙技術が発達した現代においても、公の文書には高級な羊皮紙が使われている。

「……いきなり将校か。自分で仕込んどいてなんだが、本当にまかり通るとは……驚かされるよ、ジークフリート家の力には」

羊皮紙をブリュンヒルドに手渡す。彼女も記載内容を見て驚いたようだった。

なにせ、ブリュンヒルドを陸軍少尉に任命すると書いてあるのだ。

最下級とはいえ、少女をいきなり将校としたのは、多種多様な大人の事情が交錯した結果だった。

エデンの研究機関は未だにブリュンヒルドを実験動物として扱うべきだと主張している。生体実験を重ねに重ね、最後には解剖し、標本にしてしまおうというとんでもない連中だ。……悲しいことにブリュンヒルドの父であるシギベルトも当初はこれに同意していた。

一方で、彼女を一人の人間として認めるべきだというグループもいる。白銀島攻略作戦で彼女を見た軍人たちはほとんどがこれだ。右腕を失っていたあの痛ましい姿を見て、なお「実験動物」にしてしまおうというヤツは、ちょっと人の心がない。血液や細胞、粘膜の採取及び研究は行われるべきだが、以降は経過観察も兼ねて軍で保護・運用しようというのがザックス達の主張であった。ブリュンヒルドの知能と身体能力の高さは様々なテストから証明されていたし、解剖して殺すには惜しいものであった。

両派閥は拮抗状態にあったのだが、水面下でザックスがシギベルトを説得し、ジークフリート家という後ろ盾を引き出させた。将校という社会的地位を与えて、彼女の存在を公のものにすることで、非人道的実験から守ろうというのがザックスの目論見であった。

それがどうにかうまくいって少女は少尉となった。

だが、それは無論、実態の伴わない少尉である。

ザックスは硬い声音を作る。

「言葉は悪いけど、その地位はお飾りだ」

どうしてもこれだけは言っておかねばならなかった。少尉という地位が、彼女が望まずして与えられたものであっても。

少尉に相応しい実力と向上心を持っていても、少尉になれない軍人がこの国には大勢いるのだから。というか、ほとんどがそうだ。ザックスの部下にも、たくさん。彼らの尽力を思えば、「お飾り」という事実は言っておかなければならない。

いかに名家の出で、特殊な生い立ちであるとはいえ、いきなり将校に任命されるのは、他の軍人への冒瀆と言えた。

「ブリュンヒルド。将校にはそれに相応しい立ち振る舞いが望まれる。それを絶対に忘れてはならない」

「了解しました」と敬礼をするブリュンヒルド。

「では、上官である私が、最初の任務を与える。二か月後、少尉には環境団体『テュポーン』に対して、ある説明を行ってもらう」

「説明、ですか？　軍籍ならば、戦いが仕事ではないのですか？」

「だったらこっちも楽だったんだけどね……」とザックスは鼻の頭を掻いた。

　ここでもまた大人の事情が複雑に絡まっている。

　少尉という地位はブリュンヒルドを非人道的な実験から守ってくれる。ならば、その地位から引きずり下ろしてしまえばいいというのが今の研究機関の思惑らしい。そこで画策されたのが、ブリュンヒルドと環境団体テュポーンをぶつけることだった。

　テュポーンは環境団体を名乗っているが、その実態は竜を神の使いと崇める狂信的な宗教団体である。

「善行を積んだ人間の魂は、死後、神の使いである竜によって永年王国と呼ばれる楽園に導かれる」という前時代的な考えが、この団体の教義だ。

　テュポーンはかねてよりエデンの研究機関及び軍と衝突を繰り返していた。エデン攻略作戦や竜を殺すことに、潔癖なまでに否定的な姿勢を取っている。

　そこに新聞各紙による「竜の娘」報道。

テュポーンが黙っているはずがない。彼らにとって竜とは神様の使いなので、人間風情がその娘を名乗ることなど許されないのだ。彼らは激しく研究機関と軍に抗議した。

続けて、その「竜の娘」が軍籍になるらしいことまで、どこからか漏れてしまった。どこが漏らしたかなんて、馬鹿でもわかるけれど……。

研究機関は軍に、テュポーンへの説明責任を果たすように求めた。なぜ少女を軍籍としたのか、そしてブリュンヒルドが竜の娘ではないということを本人の口から説明をさせろと言うのだ。

軍側はブリュンヒルドを少尉にするためにかなりの無理を通していたから、この要求をつっぱねるだけの力は残っていなかった。

なので、ブリュンヒルド少尉の最初の任務は、「狂信的な宗教団体に対して、自分が竜の娘ではないことを証明する」という、下手な軍事作戦よりも難易度の高いものとなってしまったのである。

テュポーンの過激な姿勢に少女が怯えて軍を辞めるか、あるいは「適切な説明を行えなかった」という咎で少尉の座からブリュンヒルドを引きずり下ろすのが、研究機関が描くシナリオなのだ。

……なんてことは、大佐はわざわざ少尉には伝えない。

説明会の日までまだふた月あるのだ。それだけの期間、少女にプレッシャーを与え続けてはかわいそうだ。

「安心して。ブリュンヒルドは、話をしてくれればいいんだ。気楽に構えて。リハーサルも行うからね」

「了解しました。私の方でも、テュポーンという団体について勉強をしておきます」

「そんなに力まなくていいから。ね？」

入院期間中の少女の真摯な姿が思い起こされる。

頑張って勉強して、一生懸命説明したのに、相手が言葉の通じない狂信者でしたなんてことになったら……その時、彼女が受けるショックは計り知れない。

でも、これはきっと最初の一歩だ。どうにか乗り越えてほしい。

この一か月、何気ない会話の端で見せたブリュンヒルドの笑顔。自分以外の人間を前にしても、ああいう風に笑えるようになってほしい。

ブリュンヒルドが人間らしく、普通に笑える日が来てほしい。それがザックスの切なる願いだった。

退院したブリュンヒルドは、拠点を病院から屋敷に移すことになった。ジークフリート家の一族が住む邸宅である。彼女の退院日時は本人を含む一部の人間にだけ知らされた。マスメディアへの対策である。それが功を奏したようで、ブリュンヒルドは記者からの質問攻撃に晒されることなく、静かに送迎の車に乗り込むことができた。

ジークフリート邸は、首都のど真ん中という立地ながら、広い薔薇(ばら)庭園や格闘訓練場を抱えている。

大きな門の前で、ブリュンヒルドの到着を大勢の使用人が列になって出迎えた。

「……あ……」

ブリュンヒルドは戸惑った顔で、同行していたザックスと使用人たちを交互に見た。

微笑(ほほえ)ましくて、ザックスの口元が緩む。

「そりゃあ驚くよね。無人島で生きてた自分に、こんなにたくさん使用人がいるなんて」

彼女には、こういう子供らしいところがあるのだ。

「どうしたらいいでしょう……」

「胸を張って。ほら。ここはブリュンヒルドの家なんだから」

ザックスは軽く背中を叩(たた)いた。よろめくようにブリュンヒルドが前に出る。

「俺はここまでだから。この先は、家の人に任せてある」

ブリュンヒルドはザックスを振り返り、

「大佐、お世話になりました」

と深々と頭を下げた。

本当に良(い)い子だな、良(い)い子になってくれたなと改めて思う。

「あの、大佐。最後にひとつ、お伺いしてもよいですか」

「うん、なんだい？」

「シギベルト准将が現在どちらにいらっしゃるか、まだ教えていただけないのでしょうか？」


最初に会った時に働いた失礼を謝りたいのです、と。

ザックスは迷った。

初めて会った時も、この子は同じ質問をした。

シギベルトを殺すのだと。とても教えるわけにはいかなかった。

でも、今なら……違うかもしれない。一か月で、随分と柔らかくなった。謝りたいという言葉にも、嘘(うそ)があるようには聞こえない。

だが、

「昔からアイツ風来坊なんだ。俺にも居場所を教えないんだよ」

と笑ってごまかした。

この子を信じていないわけではない。

ただ、自分は友人と約束をしているのだ。自分の居場所は決してブリュンヒルドには教えるなと言われている。

(アイツ、俺以外に友達いないからなぁ……。裏切ったらかわいそうだ)

ブリュンヒルドが良い子になったからといって、約束を破るわけにはいかない。

「そうでしたか」

ブリュンヒルドはかわいらしい笑顔を浮かべた。

「もし連絡がありましたら、教えてくださるとうれしいです」

お辞儀をするブリュンヒルド。

「ああ。きっと連絡するよ」

そう言って、ザックスは屋敷を後にした。

ノーヴェルラント帝国軍の将校は怠惰だ。

夜型の人間が多い。朝は何時に起きてもいいから。

ディレッタントが多い。職務の時間に絵を描き、詩を紡ぐ。

民間人から軍人になった者は、朝早くに起きて、厳しい規律の中、自己鍛錬にいそしんでいるというのに。同じ時間を将校はお菓子をつまんで過ごしている。でっぷりとした腹を撫でながら。

誰も何も言わない。

将校は貴族の出なのだ。貴族に文句をつけられるのは王族か大司教、あるいは同じ貴族くらいなものだけれど、彼らはそんなことはしない。自分の利権や現状の維持だけが、彼らの至上命題なのだから。

シギベルト・ジークフリートやヨハン・ザックスのような少数の職務に忠実な将校によって、ノーヴェルラントという国は回っていた。

ジークフリート家の使用人たちは、ブリュンヒルドも有閑的な生活を送るものと思っていた。彼女に与えられた少尉という階級は、腰掛けに過ぎないと。

ブリュンヒルド・ジークフリートは硝子に似ていた。

その髪は透き通っている。肌は白く、手は小さく、指は細い。触れれば折れてしまいそう。

そんな風貌の彼女が、苛烈な訓練にその身を置くなどとは、誰も思い描かなかった。

朝は早くに起きて、自分で設けた規律に従い、執拗に己が肉体を虐げ、貪欲に知識を吸収し、早くに寝た。

人当たりがよく、物腰柔らかだった。無人島で育ったとはとても思えないほど、気配りもできた。使用人たちとの距離も近い上に、彼らに対する敬意を忘れなかった。だから、使用人たちもブリュンヒルドの願いにはできるだけ応えたいと思うようになった。

だが、彼らに彼女の願いを叶えることはできなかった。

ブリュンヒルドが使用人に望むことは一つだけだった。

「シギベルトお父様が現在どちらにいらっしゃるか、教えてくださいませんか？」

できることなら、答えてあげたかった。だが、できなかった。このところ当主であるシギベルトは誰にも自分の遠征先を教えていないのだった。

雪のように白い風体の中、赤い瞳だけが熱を帯びていた。

屋敷にはジークフリート家の血筋の軍人が何人かいたが、誰もブリュンヒルドほど勤勉ではなかった。

ただ一人、シギベルトの息子、シグルズ・ジークフリートを除いては。

自己鍛錬の苛烈さだけで言えば、ブリュンヒルドよりもシグルズの方が厳しかった。

ブリュンヒルドは夜の早い時間に寝たが、シグルズは寝る間も惜しんで鍛錬に励んでいたのだから。

シグルズは十七歳の軍曹だ。父親に認められるために最下級兵から始めて、三年をかけて軍曹となったのだ。

だというのに、ブリュンヒルドはいきなり少尉だという。しかも年齢は十六。その上、女だ。

ふざけているのか？　父さんはどうしてこんなヤツを自分より……。

シグルズが怒りを覚えるのは当然だった。

だが、それでもブリュンヒルドが少尉の座を腰掛けとしか考えていないぼんくらだったのなら、シグルズは彼女を受け入れられただろう。いずれは自分が追い越す相手だと、歯牙にもかけなかったに違いない。

けれど、ブリュンヒルドは勤勉な上に、才覚があるようだった。

「少尉殿」

ある日、ブリュンヒルドにシグルズは声をかけた。お付きの教官による午前の講義が終わり、部屋から出てくるところを、シグルズはわざわざ待ち構えていたのだ。

「シグルズ軍曹」

プラチナのような髪を揺らして、少女はシグルズを見た。

「へえ、軍曹風情の名前を覚えてくださってたんですか。これは光栄の至りですね」

「下士官以上の方の名は、みな覚えております」

下士官。

この国では、軍曹は下士官の中で一番下の階級だ。つまりシグルズはぎりぎりでブリュンヒルドが記憶するに値したということである。自分より階級が下のシグルズに対して敬語を使うのも皮肉っぽい。いちゃもんじみた思考だと自分でもわかっているが、感情は嘘をつけない。

俺は、コイツが気に食わない。

ブリュンヒルドの細い肢体を、新調されたばかりの赤い軍服が包んでいる。

「少尉殿にお時間があればですが、私に軍隊格闘術の訓練をつけてくださいませんか？」

「軍隊格闘術？　なぜ？」

格闘術訓練にこじつけて、ブリュンヒルドをボコボコにしてやりたい、というのが本音であるが。

「少尉殿は軍営病院での身体能力テスト、特に格闘術の項目について極めて高いスコアを記録されたと伺っておりますから。浅学非才なるこの身にどうか」

シグルズが浅学非才であるかは、大いに疑問が残るところである。

彼は気の強い性格で荒くれ者なところはあるものの、同期の軍人の中では勉学・格闘術ともに最高の成績を有していたのだから。

「私の体術はフォーマルな軍隊格闘術と毛色が違います。お役に立つかはわかりませんが、それでもよろしければ」

少尉殿の午後の予定は、講義や任務である説明会の準備で詰まっているという。だから夕刻の六時に訓練場で待ち合わせることとなった。

傾いた陽光に照らされる格闘訓練場。天井は吹き抜けになっている。コロシアムを思わせる広い空間の真ん中に、シグルズは一人で立っていた。約束の三十分ほど前から彼は訓練場にいた。

シグルズは訓練用の機能性の高い服に着替えていた。あちこちが土埃で薄汚れている。つんつんとした黒髪から汗の雫が滴った。

アップは済ませた。体の調子はかなり良い。心の状態も万全。あのすまし顔に鉄拳を叩き込めると思うと、それだけで高ぶってくる。最高のパフォーマンスを発揮できそうだ。

刻限丁度になって、ブリュンヒルド少尉は現れた。

お昼に見かけた時と同じ、ピカピカな軍服のままだ。

別に悪くはないんだが。軍服だって機能性は高いんだから、軍服のまま来るのは何もおかしくないんだが。でも、小脇に抱えている本『環境団体テュポーンの歴史』は一体何の冗談か。

ああ、そうだ。俺は、コイツのやることなすこと全てが気に食わないのだ。

（コイツを倒さないと、俺は父さんに認めてもらえないままだ）

無言で構えを取る。

それが訓練、もとい新人いびり開始の合図だった。

「では」

と少尉が言った次の瞬間には、

どういうわけかシグルズは空を見上げていた。

（え？　なんだ？）

頭の後ろがジンジンと痛い。

（……何があった？）

ブリュンヒルド少尉が、傍(かたわ)らで本を読んでいる。赤い目がシグルズに気付いた。

「気を失っておられました」

「……は？」

何を言っている。

「絞め技です。首の太い血管を押さえました。脳に酸素が行き渡らなくなり、瞬時に気を失うのです」

………。

つまり、なんだ……？

俺は、負けたのか？

何もできないままに、何をされたかもわからないうちに、

この女に、やられたのか？

「ふ、ふざけんな！」

シグルズは勢いよく起き上がった。

「もう一度だ！　もう一度、俺と戦え！　今のはただのまぐれだ！」

頭に血が上っていた。だから上官に対して敬語を使うのを忘れてしまっていた。ブリュンヒ

ルドはそんなことを気にする人間ではなかったが。

「今日はもうやめましょう」

「ああ？　逃げるのか？」

「そうではなく。就寝前に激しい運動をすると寝つきが悪くなりますから、私が困ります」

そういえば、赤かった夕空は、星の輝く夜空へと変わっている。

「俺は……どれくらい伸びていた……んですか？」

夜の冷気を感じてか、少しだけ頭が冷えてきた。

「一時間ほど。現時刻は、七時を過ぎたところです。格闘術訓練が必要だというのなら明日の同じ時間に、またここで」

ブリュンヒルドは本を閉じ、訓練場を去った。赤い軍服の後ろ姿には、埃の一つもついていない。

「……クソが！」

明日こそは、アイツの軍服を汚れまみれにしてやる。

その日、シグルズは夜遅くまで肉体をいじめていじめていじめていじめぬいてから、ベッドで泥のように眠った。

だが、次の日もシグルズは勝てなかった。

気絶する前にブリュンヒルドがまるでキスをするかのように至近距離まで近付いてきたのが見えたのは、もしかしたら進歩と言えるのかもしれないが。

次の瞬間には、視界は夜空に切り替わっていたし、時刻は一時間ほど先に進んでいた。

傍らには悠然と冊子を読むブリュンヒルド少尉。タイトルは『テュポーンへようこそ』。ヤバイ環境団体が発行しているパンフレットだった。

ああ、そうだ。コイツは近いうち、テュポーン相手に説明会をするとかなんとか。自分の相手は、テュポーンの勉強の片手間に行われているらしい。

「まだ訓練が必要だというのなら、明日に」

冊子が閉じられる音と、綺麗な軍服の後ろ姿。


ルーチンのような光景が七回ほど続いた。


八回目の組み手のとき、ブリュンヒルドが切り出した。

「今日で訓練は終わりにしましょう。私には他にもやらねばならないことがあるのです」

シグルズは何も言い返せなかった。

七回組み手をして……いや、組手と呼べたかどうか。軍曹は少尉に触れることすら叶わなかったのだから。

ブリュンヒルドにとって、軍曹の相手をするのは時間の浪費に他ならない。

「……わかりました」

言って、シグルズは構えを取る。

応じるように、ブリュンヒルドもまた構えを取った。今日まで一度もそんなことはしたことがなかったのに。

「最後ですので、フォーマルな軍隊格闘術でお付き合いいたします」

——舐めやがって。

軍隊格闘術なんてハンデを自ら背負ったことを、後悔させてやる。

ブリュンヒルドが近付いてきたのが見えた。この日は、ちゃんと見えた。

考えるよりも先に、シグルズは動いた。踏み込まれた分だけ、シグルズは引いた。もし攻撃を繰り出すようであったら、そこに差し返しの一撃を叩き込むつもりだったが、ブリュンヒルドはそこまで迂闊ではなかった。シグルズの反撃を予想し、彼女もまた引いた。

土埃が舞い、彼女の軍靴を汚した。

仕切り直し。

今度はシグルズから攻め込んだ。

その姿は、さながら雷の矢。

電光石火の縮地から繰り出す一撃。教官さえもノックアウトしたことのあるシグルズの十八番番だった。人間の身体機能の限界に迫る動き。

だが、少女は月光を思わせるすべらかな動きで、雷光の一撃をいなす。軍曹の拳と、少尉のてのひらが交差した。

少女の右手から、グローブが抜け落ちた。

再び、二人は睨み合った。

――今日こそ、勝てるかもしれない。

体温が上昇するのを感じた。

互いに退くことのない攻防を繰り返す。

繰り返す。

……繰り返す。

そして、シグルズは気付いた。

……この女、手を抜いている。

最初は、寝る間も惜しんだ自分の努力が実を結んだのだと思った。自分の動きから無駄がなくなって、ブリュンヒルドは隙をつくことができなくなったのだと。

でも、そうじゃない。

ブリュンヒルドなら確実につくことのできるチャンスを何回も逃しているとなれば、いやでも気付く。

（……まさか、最後だからって、本当に俺に訓練をつけてるつもりなんじゃ）

手加減されている。軍隊格闘術で相手するってだけでもハンデなのに、極めつけにこれでは……。

もう、何もかもがどうでもよくなった。

構えから、気合と力が抜けた。

ブリュンヒルドが急速に接近し、右手で首を摑(つか)んでくる。

「そうやって、奪えばいい」

シグルズが捨て鉢に呟(つぶや)くと、ブリュンヒルドは止まった。シグルズの首を摑(つか)む以上のことをしなかった。

「奪う、ですか？　何を」

「全部だよ」

自嘲して、シグルズは言う。

「俺が何者か知ってるか」

「シグルズ軍曹、とだけ」

「俺の名前はシグルズ・ジークフリート。シギベルト・ジークフリートの一人息子で、お前の兄貴だよ」

ブリュンヒルドが訝(いぶか)しむ。

「一人息子……？　息子がいるなら、どうしてシギベルト准将は私にバルムンクを継がせるなど……」

「俺には何も期待してねえってことだよ」と捨て鉢になってシグルズは吐き捨てた。

薄々はわかっていた。

二等兵として、軍に入れられた時から。

シギベルトが言葉少なだから、確信には至らなかっただけ。

一番下から、這いあがって来いって、そういう意味だって。

思いたかった。

でも、お前が打ち砕いたんだ。

何処からかふらりと現れたお前が、いきなり少尉になんてなるから。

あの人にも、『特別』はいるんだって、自分は『特別』じゃなかったんだって、急にわかっちまったんだよ。

……口の中がしょっぱい。

どれだけ強がっても、どれだけ努力家でも、それまでだましだまし維持してきた己のアイデンティティーを砕かれれば、
泣きたくもなる。

「なぜ、泣いているのですか？」

ブリュンヒルドは問う。

「言わなきゃわからないのかよ。だったら言わねえよ」

父親からの期待、父親からの寵愛（ちょうあい）、父親からの特別視、父親からの……。

この完全無欠の少女には、奪われたものの大切さは、わからないのかもしれない。

だが、ブリュンヒルドの返事は、

「そっちはわかりますよ」

シグルズの予想とは違っていた。

「私がわからないのは、なぜ私ではなくお前が泣いているのか、だ」

口調が、変わった。

（……誰だ、コイツは）

館で会った深窓の令嬢然とした女、硝子（ガラス）のような少女は、もうそこにはいなかった。

シグルズは自分の言葉が、少女の逆鱗（げきりん）に触れていたのだと気付いた。

爪が食い込んでくる。

きっと、こっちがこの女の本性……。

「お前の父親は、私の父親を奪った。そして、欲しくもない地位と環境を私に与えた」

――泣きたいのは、こっちだ。

喉を絞める手に、力がこもる。少女の膂力（りょりょく）ではない。気道が圧迫され、無様な声がひり出される。

「息子であるお前を殺せば、あの男は悲しむか？　私が感じた絶望を、今も感じている暗い思いを、あの男にも味わわせることができるか？　なあ……」

それまでガーネットのように綺麗だった赤い瞳が、今は獄炎を思わせる色合いに変わっていた。

「が……ぐ……」

明滅する意識の中で、シグルズは音をつなげる。

「俺より……お前……が……」

「私が？　なんだ？」

「お前が死んだ方が……あの人は……悲しむ、よ……」

ブリュンヒルドの瞳が、少しだけ大きく開かれる。燃え盛っていた炎が、揺れて消えた。

力が弱められる。

シグルズは咳き込みながら、ブリュンヒルドの右手を払った。

グローブの外れた右手は、白銀の鱗に覆われていた。戦っている最中は気付かなかったが。

「お前……その手……」

ブリュンヒルドの右腕が竜の腕であることは、一部の高官しか知らない。シグルズも当然、知らなかった。

今さっきブリュンヒルドが口にした言葉が、シグルズの脳裏をよぎる。

『お前の父親は、私の父親を奪った』という怨嗟の言葉。

まさか、ブリュンヒルドの言う父親というのは。

「私は竜の娘なのだ」と少女。

てっきり……お気楽な暮らしを送っていたのかと思っていた。いや、そう思いたかった。ブリュンヒルドのことが嫌いだったから。

「父親のことは……好き、か？」とブリュンヒルドは躊躇いがちに問う。

数分前にこの質問をされていたなら、シグルズは答えなかっただろう。

だが、今は。

「……好きだよ。尊敬してる。俺もあんな風に強い竜殺しになれたらって思ってる」

「……あんな父親なのに。あんな父親にも、愛してくれる子供がいるのか」

シギベルト・ジークフリートのカノン砲バルムンクが、白銀の竜を葬ったことくらいはシグルズも知っている。だから、「あんな父親」と言われても、父を庇うことは言わなかった。

「私も……父親は好きだよ」

この父親が誰を指しているかは、考えるまでもない。

「私は……お前に謝らないといけないんだろうな」

しかし、どうしてブリュンヒルドが謝らないといけないのかは、考えてもわからなかった。

「……だが、どんな言葉を選べばいいか。不便だ、人の言葉は……」

そう言った後、ブリュンヒルドは訓練場を去った。

汚れだらけの軍服を見ても、シグルズは何の感慨も抱かなかった。

悔しさも、怒りも、嫉妬もどうしてか彼の中から消えていた。

それは、完璧に見える彼女の中に、複雑な悩みを見て取ったからかもしれない。

彼女もまた、自分と同じように感情を持った生き物なのだと知って、シグルズは不思議な親近感を抱いていた。

翌日の昼。シグルズはブリュンヒルドの部屋に向かった。ここ数日、突っかかり続けたことへの詫びの品を持って。

ドアをノックする。「どうぞ」と淑やかな声が返ってきた。

ブリュンヒルドは昼食を摂るべく、白いクロスのかかった丸テーブルについていた。傍らのメイドが彼女のためのランチの準備を終えたところである。

「少尉……連日の非礼を詫びに……」

「何を謝ることがあるのです？」

「それは……」

……苦手だ、この女の敬語は。壁を作られている感じがする。

昨日の……きっと本来の口調で喋った後では、いっそう人を拒絶しているように聞こえるし。

ブリュンヒルドはメイドに目配せする。メイドはその意図を察して、一礼の後、部屋から出ていった。

「メイドがいると話しづらそうでしたので……」

「いえ、そうではなく……」

赤い瞳が、見つめてくる。こちらの奥底まで見通そうとするかのような……。たじろぎそうになる。

「……少尉は、私の上官です。私に敬語を使う必要はありません」

「そうか、口調だな」

すぐに話し言葉を切り替えた。頭の回転が早いのか、あるいは女性に特有の察しの良さによるものか。

「お前も、私に敬語を使う必要はない。私はお前に敬われる存在ではない」

「そういうわけには……」

「人払いは済ませたぞ？」

偉そうな喋り方でイラッとくる。でも、機械的な敬語よりは本音が見えている気がしてマシか。

この屋敷に来てまだ二週間かそこらだというのに、ブリュンヒルドは勝手知ったる様子だ。生まれた時からこの館に住んでいるかのように堂に入っている。こっちだってビビってばかりじゃいられない。

「じゃあ、お言葉に甘えて」

鼻息を荒くして、ブリュンヒルドのテーブルに近付く。少女が空いている椅子を引き、座るよう促したから、シグルズはそれに応じて着席した。

シグルズがブリュンヒルドに詫びの品を渡そうとしたときのこと。

「食べてくれないか、これを」

「え?」

ブリュンヒルドは、グローブを嵌めている右手で、テーブルクロスの上に並んだ五品の昼食を指差した。

「どれも私の口には合わないんだ。毎日、処理に苦労している」

「口に合わないって……。うちのお抱えのシェフが作ってんだぞ?」

ジークフリート家のシェフは、国内で評判の高いレストランから特に優秀な人材を引き抜いて雇っている。無論、味覚は人それぞれだが……それにしたってテーブルの上に並べられた五品のどれも口に合わないということがあるだろうか。

「人の料理は理解できない。どうして加工する? 悪趣味だ」

林檎と黄桃のゼリーを赤い目は見下ろしていた。

「島では果実をそのまま食べていた」

「じゃあ、林檎をそのままくれって言えばいいんじゃないか？」

「それもダメだ。そもそも素材が悪いのだ。一度試したが、砂を食んでいるようだった」

白銀島では馥郁たる果実が生っていた。それを食べて育ったブリュンヒルドには、人の国の食べ物はどれも合わない。

「でも、何も食べなかったら倒れるぞ」

「心配いらない。この肉体を動かすのに不足ない熱量は補充してる。不味い思いをしながらな」

……どうしてこの女が父の『特別』なのか、少しわかった気がした。妙にリアリスティックな思考は、父のそれに似ている気がしたのだ。

「ところで、それは？」

ブリュンヒルドの視線の先には、シグルズの握る袋。かわいらしいリボンでラッピングされている。

「ああ、いや、これは……」

「推察すると、私への詫びの品のようだが」

「まあ、そうなんだけど……。これは渡せねえよ」

「なぜ？」

「……食い物だ」

中身はクッキーだった。

貴婦人に人気のある菓子屋に、朝から並んで買ったものだった。もちろん、その気になれば使用人に向かわせることはできるのだが、反省のために自分の足で並んだ。女ばかりの列に交じるのは恥ずかしかったが。

「また別の物を買って埋め合わせる。だから……」

言葉の途中で、ブリュンヒルドはクッキーをかすめ取った。細い指で包装を乱暴に破り、中から一枚、クッキーを取り出した。

「なるほど、確かに……」

桜色の唇が開いた。クッキーの端を、小さくかじる。

小さな顎を何度か動かして咀嚼する。そしてまた小さくかじる。

「……口に合ったのか？」

「いいや、不味い。最悪だな。塵を固めたものか、これは」

言いながら、またかじる。

「だったら無理に食わなくても……」

「無下にしていいものと、してはいけないものがある。これは後者だ。私が食んでいるのは、このクッキーを買ってくれたお前の想いなのだ」

「……こっぱずかしいことを、恥ずかしげもなく言うのな」

「エデンでは誰もが本音だったからな。エデンでの口調では嘘を吐けない。人の国は欺瞞で溢れていて、慣れるまでが大変だったよ」

「……そんなんでテュポーンへの説明会は大丈夫なのかよ」

「テュポーンについては鋭意勉強中だが、まあ、問題ないよ。嘘の吐き方は、ザックスが教えてくれたからな」

　ブリュンヒルドが二枚目のクッキーを取り出す。

「嘘の吐き方を……ザックス……って」

「む？　私の言葉に何か問題があったか？」

「……なんかお前、いきなり色々ぶっちゃけすぎじゃねえの？」

「私は決めたのだ。お前には嘘を吐かずに目的を果たすと。いうならばこれはけじめだな」

　どういう意味だよと聞こうとしたが、その前に三枚目のクッキーを取り出したブリュンヒルドが言った。

「お前も私の昼食を掃除しろ。私だけに不味い思いをさせるな」

「俺は別に不味い思いはしないけどな……」

　そう言って、シグルズはテーブルの上の食事に手をつける。滅茶苦茶おいしい。

不味い不味いと言いながらもクッキーを食べ続ける少女を見て、シグルズは思った。

この女は父に似ている。

けれど、根っこの所では正反対なのかもしれない。


昼食の掃除を終え、シグルズは席を立つ。説明会頑張れよと声をかけて。

「また食事の掃除をしに来てほしい」

出て行こうとするシグルズに、ブリュンヒルドは声をかけた。

少年は首だけで振り返る。視線が合うと、少女は目を伏せて少し弱気な声で「嫌ならいいんだが……」と付け加えた。

返事の代わりに少年は右手を挙げた。突っかかり続けた日々の詫びにしては、ブリュンヒルドの願いは安すぎた。

シグルズはそれから毎日、食事の処理に向かった。

ブリュンヒルドの口調はぶっきらぼうで偉そうだった。表情も乏しい。だが、シグルズが自分の代わりに食事を食べてくれるときは、微かに、けれど確かに喜ぶ。ちょっと不器用に口の端を吊り上げるのだ。使用人たちに見せるキラキラした笑顔より良いなとシグルズは思った。

ブリュンヒルドは表と裏の顔を巧みに使い分ける女で、どうしてかシグルズには裏の顔、本音で喋る。偉そうで無遠慮だが、その分シグルズも素の自分をさらけ出せて心地よかった。新聞で取り上げられる有名人で、使用人からの人望も厚いブリュンヒルド。彼女が自分にだけは裏の顔を見せてくれることもまた、何ともいえない優越感をシグルズに感じさせてくれた。最初は詫びのつもりで始めた食事の処理だったが、
ゆっくりと楽しい時間へと変わっていった。

何回目かの食事の時に、ブリュンヒルドはシグルズに尋ねた。

「なあ、どうしてこの屋敷の者は、主人がどこにいるのか知らないんだ？」

言われてみればそうだった。ここ最近、シグルズの父親はまるで姿をくらますかのように遠征に出かけている。いつもはどの海洋に向かうかくらいは教えてくれるのに、今回はそれすらない。もっとも、どの海洋にいるかわかったところで、広い海に浮かぶ軍艦を追いかけることなどできはしないから、行き先を教えてもらうこと自体、あまり意味がなかった。だから、シグルズも父親が遠征先を教えてくれていないことに、ブリュンヒルドに指摘されるまで気付かなかったのである。

「息子のお前にも所在はわからないのか？」

「……そうだな。聞いてない。仕事柄ほとんど首都にいない人だし。でも、一年もすれば戻ってくるよ」

「一年？　いつもそんなに家を空けるのか？」

「一年程度で驚くなよ。長い時は、三年とか留守にするよ」

ブリュンヒルドは目を閉じて、左手で自分の右肩を握りしめた。

「それは、本当に長いな……」

ノーヴェルラント帝国は、世界中のエデン攻略に忙しく、その要たるカノン砲バルムンクはシギベルトしか扱えない。准将は地上よりも海上で過ごす時間の方が長いのだ。

「竜は人を襲わないのに、人は竜を襲うのに忙しいという。一度竜に襲われてみるべきだな。その恐怖が理解できるだろうから」と物騒なことを言うブリュンヒルド。

竜の娘の名の下に、ニーベルンゲンの街で報復テロでも行うつもりだろうか。

「そんなことしたらお前は地獄行きだよ。父さんだけじゃなく、無関係の民間人を巻き込むんだから」

「地獄行きは困る」とブリュンヒルドはため息を吐く。

コイツのジョークは、わかりづらい上につまらない。

ある休日のこと。

シグルズはブリュンヒルドを映画に誘った。

「俺の取り巻きが二枚もチケットくれたんだ。もったいねえからさ」

「断る。お前には心のうちを明かすがな、私はニーベルンゲンという街が大嫌いなんだ。歩きたくもない」

「でも、映画の内容はお前のお気に召すかもしれないぜ」と口の端を吊り上げるシグルズ。

ブリュンヒルドは怪訝そうに言った。「なぜ？」

「怪奇映画だ」と胸を張るシグルズ。

「幽霊に次々と人間が襲われる映画。お前、前に言ってたろ？　人間は一度襲われてみるべきだとかなんとか」

「ああ、うん」と言って、ブリュンヒルドは口元に指を当てて考える。少し間をおいてから、「それなら、まあ」と渋々気味ではあるが了承した。

シグルズとブリュンヒルドは共に街を歩いた。映画館へ向かう間、ブリュンヒルドはずっと俯いていた。まるで街の景色を、少しも視界に入れたくないというように。

映画は、可もなく不可もない出来だった。事前に聞いていたように、幽霊が人間を次々に襲う内容。なんなら、それなりに映画通であるシグルズには少し退屈ですらあった。

もしかすると、ブリュンヒルドにも退屈な思いをさせてしまっていないかと少し心配になって、上映中、横目で隣席の彼女を見た。

ブリュンヒルドは、意外にも真剣な眼差しでスクリーンを見つめていた。

幸い、シグルズの不安は杞憂に終わったようだ。若干つまらない映画だったが、ブリュンヒルドが楽しんでいるのならそれでよいと少年は思った。


劇場を出た後、ブリュンヒルドに感想を求めた。

「興味深い話だったよ」なんて、かわいげのないことを少女は言った。

「いや、なんかもっと……あるだろ？　怖かったとか、人間がやられてすっきりしたとか……そういうの」

「無論、それもある」とブリュンヒルドは肯定するが、その顔はどう見たって幽霊に恐怖している女の子のそれではない。

「色々と考えさせられたよ」などという声は、まるで哲学者。

「全ッ然怖がってねえじゃねえかよ」とシグルズは嘆息した。


だがしかし、ブリュンヒルドは嘘を吐いていなかった。

映画を見た日の晩のこと。

日課である鍛錬を終えて自室に戻ろうとしたシグルズが、ジークフリート邸の薔薇庭園を通りかかったとき。

ブリュンヒルドの姿を見つけた。

赤い花がたくさん咲く庭園。その中央にある噴水の縁に腰かけている少女。本来は白銀である少女の長髪は、月光に濡れて青く染まっていた。

色合いのせいだろうか。少女の姿は、シグルズの目には寂しげに映った。

シグルズはブリュンヒルドの下へ近づく。少女は考え事をしているようで、少年が隣に立っても気付かなかった。

「何やってんだよ、お前」

声をかけたら、ブリュンヒルドはようやく顔を上げた。

「な……。あ……いや……」

完全に虚を衝かれたらしく、ブリュンヒルドは言葉に詰まった。意外な反応だった。シグルズの知るブリュンヒルドは隙のない女なのだ。それが狼狽え、挙動不審になっている。

気まずい沈黙が降りてきそうになるのをシグルズは感じた。だから、言葉を継げないブリュンヒルドの代わりに、シグルズが話を続けた。

「いつもは早い時間に寝るくせに。もう日付変わるのわかってんのか？」

「……日付が？　……そうか。もう、そんな時間か」

少し間を置いてから、ブリュンヒルドは続けた。

「怖くて、眠れないんだ」

「怖くて？　何がだよ？」

シグルズを秒殺できるこの女が、何を怖がるというのか。

「お前と昼間に見た映画が、だ」

映画。あの怪奇映画のことだろうか。

「あんな子供だましな映画の、何が怖いんだよ。幽霊よりお前の方がよっぽど強いと思うぜ」

からかうような口調でシグルズは言ったが、少女の暗い表情は変わらない。

「死について考えさせられた」

シグルズは、続く言葉を待った。

「あの映画では、死者は幽霊となって現世を彷徨っていた。……本当だろうか。私が死んだとき、あんなにも楽しげな未来が待っているだろうか。もっと恐ろしい結末が約束されているんじゃないか」

——そう考えると、たまらなく怖い。

ブリュンヒルドが目を伏せる。どうやら本気で怖がっているらしい。

「……あの映画見て、そんなこと考える奴、いねえよ」

言って、シグルズはブリュンヒルドの隣に腰を下ろした。

薔薇庭園には甘ったるい匂いが満ちている。けれど、そこに心地よくなるような香りが混じっていた。仄かに漂う、柔らかな大気。エデンの果実を食べて育ったブリュンヒルドがまとっていた。

ている自然の匂いであった。

「薔薇の香りには安眠効果があると聞いたが、私には効かないようだ。果実と同様に、花もまたエデンのそれに遥かに劣る。悪臭に胸やけがしてたまらない」

「そっか」とだけ、シグルズは返した。

それからしばらくの間、二人は黙っていた。シグルズはそれ以上、ブリュンヒルドに話しかけようとしなかった。ただブリュンヒルドの隣にいるだけだ。

だから、ブリュンヒルドの方から切り出した。

「部屋に戻って寝なくていいのか」

「そんなわけにはいかねえだろ」

「なぜ？」とブリュンヒルドは小首をかしげる。

「だってお前、怖くて眠れないんだろ？　正直、お前が何に怖がってんのかは俺には理解できないけど、それでも今お前が眠れないのは、俺のせいだろ」

自分が深く考えずに、怪奇映画なんて見せてしまったから。

ひとりぼっちで庭園にいるよりは、自分みたいな奴でも隣にいた方が、コイツが感じている恐怖は和らぐんじゃないか。シグルズはそう考えていた。

「夜明けまでここにいるつもりか？」

「便所で席を外すくらいはあるかもしれねえけどな」

「……バカだな」

ブリュンヒルドは小さくだが笑った。口の端を不器用に吊り上げる。使用人たちに見せるよそ行きの笑顔とは違う、生きた表情。

シグルズは気付いた。自分はどうやらこの笑顔が嫌いじゃないらしい。

ブリュンヒルドが立ちあがった。

「ありがとう。随分気が楽になった。今なら眠れるかもしれない」

「本当かよ」とシグルズはブリュンヒルドを見上げて尋ねる。

「心配なら私の部屋まで来てもかまわないが？　一緒に寝てくれれば不安が和らぐのは間違いないからな」

「バッ……」

今度はシグルズが狼狽える番だった。少年は顔を赤くして、勢いよく立ち上がる。

「このバカ……！　男相手に軽々しくそういうこと言うなよ！　いくら兄妹だからって……」

「なぜ？」と問うブリュンヒルドの顔に、小悪魔的な笑みが浮かんでいることに気付かないくらいには少年は焦っていた。

「それはつまり……。お前は無人島育ちだから、よく知らないんだろうけど……。男と女が寝るってのは……つまり……その……」

完全に言葉に詰まってしまったシグルズを見て、ブリュンヒルドは耐えかねたように大笑いした。腹を押さえ、目の端には涙すら浮かんでいる。

「まったく。からかい甲斐のあるお兄様だ」

その言葉を聞いて、シグルズはようやく理解した。

「テメエ……！　意味わかって言ってたのかよ」

「当たり前だろう。もっと言うと、お前がしどろもどろになることもわかっていたよ」

ぶん殴ってやろうかと思った。

が、やめた。

さっきまでの寂しそうな姿よりは、笑っている姿の方がずっといい。

「お前といると、楽しい」と少女は言った。

「そうかよ」と返す少年もまたまんざらではなかった。

「だから、あまり私に近付いてほしくない」

少年には、その言葉の意味がわからなかった。

「……迷惑なのか？」

「そんなことは、まったくない。私の立場、目的を考えれば歓迎するべきだろう」

「なら、いいじゃないか」

「そう、だが……」

暗い雲が、月明かりを遮った。ブリュンヒルドはしばらく考え込んでから、口を開く。

「未来のことはわからないが」と前置きしてから少女は言った。

「私はきっと、お前をひどく傷つける」

再び沈黙が降りてきた。

ブリュンヒルドは待っているようだった。「どういう意味だ」「何をする気なんだ」とシグルズが尋ねてくるのを。

だが、シグルズはそれをしなかった。聞きたい気持ちはあったが、しなかった。

簡単な理由だった。

それは間違いなく、楽しくない話題だったから。

薔薇庭園でひとりぼっちだった少女に戻りかけていたから。

——尋ねてしまえば最後、コイツはまた眠れなくなってしまう。

その懸念がシグルズの口を堅く閉ざした。

随分長い間、二人は黙っていたが、やがてブリュンヒルドは諦めたようにシグルズに背中を向けた。小さな後ろ姿は、なんだか物憂げに見えた。

庭園に残されたシグルズは、夜空を仰ぐ。

結局、少女を笑顔のまま部屋に帰らせることはできなかった。

ため息が、夜の大気に溶けていく。

ついにテュポーンへの説明会の日がやってきた。

会場は首都にある公民館。著名人の講演会などにも使われる広い講堂で行われる。演壇の前にはたくさんの椅子が階段状に並んでいた。

現場で最も階級が高いのはブリュンヒルド少尉であった。当初はザックス大佐も現場に赴く予定であったが、ブリュンヒルドの、

「いつまでも大佐に面倒を見てもらうわけにはいきません。私は少尉ですから」

という言葉の前には引き下がる他なかった。

広い講堂が埋まっていく。

最終的には三百人ものテュポーンのメンバーが会場に集まった。

ブリュンヒルド目当てに新聞記者も入り込もうとしたが、彼らはブリュンヒルドの指示により排除された。テュポーンのメンバーへの刺激となる要素は少しでも減らしておきたいのだという。

会場に集まったメンバーは不気味なほどに静かだった。嵐の前の静けさに違いないと、幼い少尉の護衛を任された軍人たちは不安を感じた。テュポーンは、一応は環境団体を名乗っているが、その実情は過激な宗教団体なのだ。

まだ壇上にブリュンヒルドが立っていないのに、講堂内はすでに彼女への敵意と悪意で満ち満ちていた。

テュポーンのメンバーはブリュンヒルド・ジークフリートのことを『冒瀆的な存在』として認識している。

竜殺しの貴族、ジークフリート家は、竜を崇拝するテュポーンにとっては最大の敵であるし、よりにもよってその血族が竜の子を名乗るなど、罰当たりにもほどがある、というわけだ。

今日の会の主たるテーマは『ブリュンヒルド・ジークフリートが竜の娘ではないことの説明』であったのだが、

テュポーン側には、初めから話を聞く気は微塵もなかった。

テュポーンがこの説明会に出席した目的はひどくシンプルだった。竜の子を名乗る小娘の精神を叩きのめして、二度と表舞台に出てこられなくすることである。

場合によっては暴動も発生しうると、軍人たちは一様に緊張していた。

緊迫した空気の中、説明会開始の時刻がやってきた。

軍服に身を包んだブリュンヒルド・ジークフリート少尉が壇上に立った。

まだテュポーンのメンバーは静かだ。だが、ブリュンヒルドが一言でも話せば、それがどれほどテュポーン側に友好的なものであっても、こじつけによる総攻撃が始まるだろう。

「…………」

少女の少尉は黙っていた。

無理もないと、警護の軍人たちは思っていた。ブリュンヒルドだって、自分が大勢の悪意に晒されていることは理解しているはずだ。容姿こそ大人のようだが、中身は十六歳の子供。軍人たちの半分が「ざまあみろ」とほくそ笑み、半分が同情をし始めた。

その頃だった。

会場に満ちていた悪意が和らぎ始めたのは。

ブリュンヒルドが口を開く。

「本日はお集まりいただき、ありがとうございます。これより説明会を始めさせていただきます。私はノーヴェルラント陸軍少尉、ブリュンヒルド・ジークフリートと申します。では、まず概略の説明を……」

ブリュンヒルド・ジークフリートが行った説明は、完璧だった。事前に何度かリハーサルを行っていた通りに話すことができた。

やがてテュポーン側に共有されていた悪意は消えてしまった。

説明が終わった時、会場を満たす空気の比率は六割がブリュンヒルドへの好意であり、三割は彼女への戸惑いといった印象だ。その戸惑いにすら敵意は含まれていない。最後の一割に至っては滂沱の涙を流し、拍手喝さい、または両手を組んで祈るようなポーズを取っている始末である。

最上の結果であったが、同時に起こりえないはずの事態でもあった。

この説明会に完璧など、ありえない。

リハーサルの通りにブリュンヒルドが説明を行ったところで、それでテュポーン側が満足することなど絶対にないのだ。彼らの目的はブリュンヒルドへの攻撃にあったのに、そのブリュンヒルドに拍手を送るなどありえない。

だが、事実として、説明会は和やかに、一部は熱狂して、終わってしまったのである。護衛の軍人たちは首をかしげたが、ブリュンヒルドの説明が良かったのだと納得し、解散する他なかった。


穏やかに説明会を終えることのできた日の晩。

鋭い三日月が輝く、真夜中にそれは起こった。

黒い竜三十二匹、白い竜十匹、総勢四十二匹の竜が、突如としてニーベルンゲンの街を襲撃したのである。

竜殺しで名高いノーヴェルラント帝国、その首都といえど、竜による襲撃に備えているわけではない。いや、竜の襲撃に備えている国など、世界にはない。竜はあくまでエデンの守護者であり、エデンを襲われない限り人を攻撃しないのだから。

竜が徒党を組んで人を襲うという事態は、記録に照らす限り初めてであった。

飛来してきた竜の大きさは一頭当たり五メートルから八メートルほど。分類上は中型であるものの、その爪は鉄を紙のように裂くし、顎は人の頭をたやすく嚙み砕く。拳銃程度では硬い鱗を撃ち抜くことは敵わない。

頼みの綱であるシギベルト准将は、都にはいない。カノン砲バルムンクとともに、遠征中である。

街は大混乱に陥った。


人々が竜から逃げ惑う中、竜に立ち向かう少年がいた。シグルズである。

警察組織で竜の侵攻を止めることなどできるわけがなく、陸軍の出動が要請された。しかし、不測の事態に陸軍の対応は遅れ、隊に出動命令を出すまでにかなりもたついていた。大人しく命令を待っていては街の人々を守れないと判断したシグルズは、単独で竜の討伐に赴いたのである。

だがしかし、成果は芳しくなかった。

煉瓦のアーチ橋の上で、シグルズは一匹の黒竜と対峙していた。黒竜に襲われそうな親子を逃がすために囮となったのだ。

シグルズが手にしている剣は真ん中から折れている。自身も負傷しており、額から流れる血が右目を塞いでいた。

防戦一方だった。倒すなんてとてもじゃないができない。シグルズが弱いわけではない。本来、竜と人間とはそれほどまでに力の差があるのだ。シグルズは銃器を扱うこともできたから当初は機銃で応戦していたのだが、弾を撃ち尽くしてなお、竜の一匹も殺せていなかった。

対峙していた黒竜が、飛翔し、爪を振るう。

折れた剣で防御を試みる。だが敵の膂力が強く、剣は回転しながらシグルズの手を離れた。防ぎきれなかった爪が、右足の肉を裂く。

「――ッ！」

シグルズは膝をつく。もはや逃げることも、防ぐこともできない。

「クソが……」

黒竜の無機質な目がシグルズを睨んだ。そして、再度彼に向かってきた。

死を確信した。自分はあの爪で真っ二つにされるか、顎で体を砕かれると。

だが、そうはならなかった。

白銀の影がものすごい速さでシグルズと竜の間に割って入った。

それで黒竜の動きが止まる。

静止の後、黒竜の頭だけが動いた。下方向に、ずるりと落ちる。竜の首は切断されていた。首が路上に落ちると、頭のない体が遅れて倒れ、派手な音を立てた。

「無事か⁉」

鬼気迫る声音ではあったが、聞き覚えのある音だった。それで、シグルズはようやく白銀の影の正体を知った。

「ブリュンヒルド……？」

伝統的な竜殺しの剣、ファルシオンを携えたブリュンヒルドがそこにいた。

当惑するシグルズの下へブリュンヒルドが駆け寄る。「どうして出動命令を待たなかった！」と怒りながら、シグルズの顔や体に触れた。シグルズの傷の具合を確かめているのだった。

「浅くはないが……。これなら命に別状はない」

ブリュンヒルドは安心したような顔を見せると、シグルズから離れた。

「そこでじっとしていろ」

「はい、わかりましたって言うようなら、命令待たずに街に出てきたりしねえよ……」

シグルズは立ち上がろうとしたが、右足の傷のせいで転びかける。それをブリュンヒルドが抱きとめた。

「無理だ、その傷では」

ブリュンヒルドが半ば力ずくでシグルズを座らせる。

「下手に動くと、腱（けん）が切れて取り返しのつかないことになる」

悔しいがブリュンヒルドの言う通りだった。自分には戦う力は残っていない。でも、戦えないなら戦えないなりにできることはある。

「戦えないのはわかった。退避する。また竜に襲われる前に」

そうしなければ、今度こそ間違いなく死ぬ。

「いいや、この橋にいてくれ。下手に動かれる方が困る」

どうしてかブリュンヒルドは留まれと言う。

「何言ってんだよ。ここは橋のど真ん中だぞ。竜に襲われたら逃げ場が……」

「大丈夫。私が近づけさせない。絶対に」

それでシグルズは黙った。少女の言葉には一切の揺らぎがなかったから。コイツはきっと、本当に橋に竜を近づけさせないだろう。彼女の言葉にはそう信じさせるだけの力強さがあった。

「……わかった。俺はここにいる」

諦めの交じった声だった。

(模擬格闘だけじゃなく、実戦でもこれか)

自分はあらゆる点で、ブリュンヒルドには敵わない。

悔しくないと言えば嘘になる。でも、いい加減に認めないといけない。竜殺しに相応しいのはブリュンヒルドなのだと。

だから、

「街を……」

少年は、自分の夢を少女に託すことにした。

「街を、みんなを守ってくれ」

あまりに情けない言葉で涙が出そうになる。それをどうにか押しとどめた。

シグルズの言葉を受けて、ブリュンヒルドは少しの間黙っていた。間を置いてから口を開いた。

「私はジークフリート家の娘で、少尉だ」

ファルシオンが街灯で赤くきらめく。

「少尉として、求められている役割を果たす」

それを聞いて、シグルズは安心した。自分の願いをブリュンヒルドが引き継いでくれたのだと。

駆けていくブリュンヒルドの背中を、シグルズは大人しく見送った。

結果だけで言うならば、竜の撃退には成功した。

だがそれまでに死者は五十四人、負傷者は三百人を数えた。しかも、殺すことができたのは四十二匹のうち黒い竜三十二匹だけで、白い竜十匹はすべて逃げおおせてしまった。

ただ被害については、これでも随分と抑えた方である。

ブリュンヒルド少尉が、獅子奮迅(ししふんじん)の働きを以(もっ)て多くの黒い竜を殺したのだから。

軍の対応が後手後手に回っている中だったから、彼女の活躍は目立った。

黒竜と対をなすような銀髪は、人々には正義と慈愛の象徴かのように見えた。彼女に命を助けられた人は、彼女を少尉ではなく竜殺しと呼んだ。

竜殺しの剣、ファルシオンを振りかざし、邪竜を叩き斬るブリュンヒルドの姿を、民はその目に焼き付けた。

そして、複数の竜に囲まれた彼女が、蹂躙される姿も。

人々は言う。白い竜は黒い竜より強かったと。

人々は言う。竜殺しは一人で戦い続けて、ついに力尽きてしまったのだと。

いかに竜殺しの乙女が強くとも、あまりに多勢に無勢だったと。

砕けたファルシオンが宙を舞い、少女の体から血の柱が上がったのを人は見たという。倒れ伏す少女の背中、腹の肉を白い竜がついばむのも。

自分たちの命運もこれまでかと覚悟した。

しかし、そこに陸軍本隊が駆けつけた。ようやく出動命令が出たのである。本隊の働きにより、その場にいた民間人の命は助かった。

竜が蹴散らされた後には、汚らしい襤褸切れのようなものが残っていた。

ズタズタに引き裂かれ、焦点の合わない瞳で虚空を見つめているブリュンヒルドである。

搬送されていく赤の軍服には、別の赤色が塗り重ねられていた。

つい数分前まで竜殺しと崇められていた少女の成れの果て。

微かに呼吸はしているものの、どう見ても助からない状態だった。

新聞はこぞってこの少女のことを取り上げた。

もともとブリュンヒルドは有名人であった。歳若で美貌の将校というだけでも話題性は十分だったが、そこに英雄性と悲劇性が見いだされたなら、なおのこと。

記事にはあることとないことが書かれた。襲ってきた竜の数は記事によっては百匹を超えたし、ブリュンヒルド少尉の活躍は初代のジークフリート伝説もかくやとばかりにセンセーショナルに書き上げられた。全ての記事が正しいとすればブリュンヒルド少尉は少なくとも同時に三か所に存在し、戦神が如き奮戦の果てに、多種多様で壮絶な死を遂げていた。

もう事実がどうだったかはわからないし、誰も興味がなかった。

残ったのは悲劇の竜殺しブリュンヒルド伝説と、軍の対応の遅さへの強いバッシングであった。

実際のところ、ブリュンヒルドは死んではいなかった。

彼女が死んだという報道は真実とは異なっていたが、それは無理からぬことであった。普通の人間であれば絶対に助からない大怪我をブリュンヒルドは負っていたのだから。エデンで育った肉体が人間よりはるかに強靭だったおかげで一命を取り留めたに過ぎない。

軍営の病院に運び込まれた彼女は間違いなく重体であった。

予断を許さない状況が続いた。医療関係者以外は、誰もブリュンヒルドに会うことは叶わなかった。

最初に面会が許されたのは、襲撃の一週間後、ザックス大佐に対してだ。時間は十分に制限されていた。

ザックスが入室した時、ブリュンヒルドはまだろくに身動きが取れない状態だった。眠っているのだろうか、目をつぶっている。体は包帯だらけで、腕には点滴が刺さっている。わずかに見える皮膚も赤黒く腫れていた。

「……ブリュンヒルド」

呼びかけたわけではない。あまりに痛ましい姿であったからつい名を零してしまったのだ。

けれど、少女は目覚めた。

ブリュンヒルドがうっすらと瞳を開けて、目玉をゆっくり動かしてザックスを見る。

「たい……さ……」

「喋らなくていいから。今日は様子を見にきただけなんだ」

ザックスはなるべく穏やかな口調で、そして少女をなだめるように言った。けれど、内心はかなり焦っていた。下手に体力を使わせたくなかったのだ。

「俺のことは気にしないで。すぐに出て行くから」

「そん……な……。たい……さ。待って…ください」

少女の瞳に水の膜が張る。声が震えていたのは、怪我のせいだけではないようだった。

「わた……し、お役に……立てませんでし……たか？　少尉として……お飾り……でしたか？」

ガツンと、後頭部を鈍器で殴られたかと思った。

「わたし……お飾りになりたくなくて……」

ああ、そうなのか。

彼女が獅子奮迅の戦いをしたのは知っている。

無謀な頑張りの果てに、今、こんな状態になった事も知っている。

どうして、こんなになるまで戦ったのか、疑問ではあったが。

……まさか、自分が背中を押していたのか？

思えば、テュポーンへの説明会を行う前にも、彼女は言っていた。

『いつまでも大佐に面倒を見てもらうわけにはいきません。私は少尉ですから』

私は少尉ですから。

だとしたら、なんてことを自分はしてしまったのか。

四十年も生きてきた。何気ない言葉が実は人を深く傷つけていた、なんてことがあるのはわかっている。

なのに、自分はこの子にそれをしてしまったのか。

容姿も大人びているし、年齢不相応に利発だからって。

わかっていたはずなのに。

この子は、ただの女の子だって。

十六歳の……。

「お飾りなんかじゃないさ」

許されるなら、強く彼女の手を握りたかった。

「ブリュンヒルドはよくやった。何人もの命を救ったんだ。少尉どころじゃない。いや、階級なんかでくくれない立派なことをした」

「たい……さ……」

少女の瞳の端から、一筋の涙が頰へと伝った。

「大佐……ザックス大佐……」

こわかったんです、と少女は漏らした。

「竜に囲まれたとき……このまま、死ぬんだと……思ったんです。そうしたら……胸が……苦しくなって……どうしてでしょう……」

お父様に会いたい。

「そう思ったんです……」

ザックスの胸が詰まった。

（……ああ、シギベルト）

やっぱりお前は、判断を間違えていたよ。

いい歳なのに、涙が込み上げてくる。でも、少女の前では決して泣くまいと、押し返した。

この子の傍にいるべきなのは、俺じゃなくて、お前だった。

「……必ず。どうにかするから」

国益を守るのは大事だ。でも、娘がこんな状態なのに、一番に会いに来たのが俺だなんておかしい。

看護師が部屋に入ってきて、声をかけた。制限時間の十分が過ぎようとしていたのだ。

「ブリュンヒルド、俺は……もう行くから。しっかり休んで……」

「やだ……」

堰を切ったように、少女の瞳から大粒の涙が溢れ出す。

「いかないで……いか……ないで。一人は……ひとりはいや……」

ブリュンヒルドが体を動かそうとしたから、慌てた様子の看護師が駆けよって押さえ込んだ。

ザックスは苦い思いを振り切って、病室の外に出る。

必ずシギベルトをこの子の下へ戻すという、固い決意を抱いていた。

それから、さらに一週間が過ぎた頃。

入院しているブリュンヒルドへの友人・知人の面会が許可された。彼女は寝たきりの状態から回復し、自力でどうにか上体を起こせるくらいになったらしい。

シグルズは小さな見舞いを手に、彼女の病室へと向かった。

ドアをノックする。「どうぞ」と可憐な声。

病室は個室だ。ブリュンヒルドは吹けば飛ぶような儚げな顔をして、ベッドの上に横たわっていた。顔や腕に巻き付いた包帯が痛々しい。

けれど、ブリュンヒルドはシグルズを見た途端、

「なんだ、お前か」

と言って軽々と体を起こした。

「……元気じゃねえかよ」

呻くようにシグルズは言った。彼はベッドの傍らに置いてあった椅子に座る。

「派手に書きすぎなのだ、どの新聞も。流石の私もここまでとは思わなかった。……そうだな、ここ最近のヒットはディー・フリューゲル紙だな。傑作小説だ。私は千を超える竜の群れに伝説の巨剣バルムンクを片手に単身立ち向かい、身体を千々に切られて死んだらしい」

読みたいのなら棚を漁れと笑って言う。彼女なりのユーモアなのだと理解しているが、全然笑う気にはなれなかった。

もし怪我人でなかったなら、胸倉をつかんでいたところだ。

「……心配したんだぞ」

絞り出すような声だった。それに少し、ブリュンヒルドは驚く。

「私はエデンで育ったから、常人よりも体が丈夫なんだ。普通の人間であれば死ぬ怪我でも、辛うじて踏みとどまれる。まさかゴシップ紙を信じていたのか？」

「丈夫だとか、そういう問題じゃねえだろ」

襲撃の夜以来、シグルズはずっと後悔していた。

橋でのやり取りを思い出す。

「街を、みんなを守ってほしい」と、シグルズは自分の願いをブリュンヒルドに背負わせた。自分を助けてくれたブリュンヒルドがあまりに強かったのと、あの時点では敵の総数が判明していなかったこともあって、彼女が竜に負けるなんて夢にも思わなかったのだ。

浅はかすぎる自分にうんざりする。もし「街を守ってくれ」なんて言わなければ、ブリュンヒルドが瀕死の怪我を負うこともなかったかもしれない。

「無事でよかった、ホントに……」

ブリュンヒルドはしばらくシグルズを見つめ、呆けたような様子で言う。

「本当に心配していたのか……？　私のことを……」

「何度も言わせんなよ」

少女は目を伏せ、弱弱しい声で言った。

「それは……すまなかった……」

「別に……怒っちゃいないんだけどな」

気まずさを誤魔化すように、シグルズは小さな見舞いを放った。ぽとりとブリュンヒルドのベッドの上に落ちる。

「これは？」

「レーションとかいうヤツだ。まだ試作品だけどな。軍で扱う携帯口糧の最新版。何食ってもまずいって、お前言ってただろ。だったら、いっそ味を度外視して、栄養の摂取だけを念頭に置いた食いモンがいいんじゃねえかってさ」

「ほう！　それはいいセンスだ」

ブリュンヒルドの目が輝く。声も弾んでいた。包帯の巻かれた手で、包装を開ける。中には栄養素の固められたバーが三本入っていた。

「たった三本で一食分の栄養素を補えるのか？」

「いや、三本で一日分いける」

「素晴らしい！」

こんなに嬉しそうなブリュンヒルドをシグルズは初めて見た。

「なかなか女心が分かる男じゃないか」

「こんなもんで喜ぶ女は、世界でお前だけだよ……」

でも、こんだけ気に入ってるなら、コイツのためにもう少し用意してやろうと思える。

毎日、不味そうに飯を食いやがって。隣で見てる俺の気にもなってくれよ。

「だが、味を感じないという点ではこっちの方が優秀だな」

ブリュンヒルドの視線の先には、栄養点滴があった。

常時、点滴しっぱなしって、動きにくいにもほどがあるぞと言うと、それもそうだなと彼女は薄く笑った。

「それで……どうなのだ、軍の方は？　軍医は私に情報を流してくれないんだ。体に障るかもしれないとな。新聞が解禁されたのもここ数日のことでね」

「お前を二階級特進させるって噂だ」

「おや、軍までもゴシップ紙を信じるとは」と口の端を吊り上げるブリュンヒルド。

だが、シグルズは低い声のトーンで続けた。

「まあ、昇進は風の便りだから当てにすんなよ。でも国民の間じゃ、お前の人気はすごいことになってるから勲章くらいはもらえると思う。多分、政治家に転身したら選挙で勝てるぞ」

見た目も悪くないしな、とシグルズは思ったが癪なので言わない。

「そうか……。政治家……なるほど……」

ブリュンヒルドは口元に手を当ててしばらく思案した。

「参考にしよう。だが、私が聞きたいのはそこじゃない。今回、竜の襲撃によってニーベルンゲンの街の脆弱性が明らかになっただろう？　上層部はどう対処するつもりか聞いていないか？」

「……聞いてるよ」

シグルズの階級は軍曹と低い。だが、それとは別にジークフリート家としてパイプを持っている。その気になれば、上層部の情報も彼はキャッチできる。

「聞いてるけどさ……」

言いよどむ。

ブリュンヒルドが眉を寄せた。

「けど、なんだ？　私は、シギベルト准将を都に常駐させる必要があると思う。あるいは……」

……実際、そういう話は出ている。

国民は、竜殺しであるシギベルト准将を首都に常駐させてほしいと強く望んでいる。ブリュンヒルドの悲劇があった今、シンボリックな心の支えが欲しいのだ。シギベルト准将と親しい関係にあるザックス大佐が、彼の説得のため遠征先に向かっている。准将はにべもない返事をしているようだが、どういうわけか今回、大佐はかなり粘って交渉をしているらしい。

（でも、なんでコイツはそんなことを気にするんだ？）

……ひどくシンプルな回答がある。

コイツは、親の仇をとろうとしている。

（…………）

シグルズはぎゅっと目をつぶった。

――なあ、お前は父さんを殺そうとしてるのか？

聞けば答えると思う。

コイツは、どうしてか俺にだけは本音で喋るから。

だが、聞くのが怖かった。

そうだ、と無機質な声で返されたら？

俺はどうしたらいい。

父さんのことは尊敬している。殺されたくない。

でも、育ての親を殺されたというブリュンヒルドの心情だって理解できる。

親を殺されたくないなんて、被害者みたいなことを思ったけど……。

むしろ、被害者なのは、ブリュンヒルドの方だ。

島で平和に過ごしていたのに、突然人間に襲われたんだ。しかもその理由が資源確保のためってんだから、許せるわけがない。

様々な思いがシグルズの頭の中で交錯したが、実際の時間としてはそう長い時間を悩んでいたわけではなかった。せいぜい五秒といったところだったが、ブリュンヒルドは見かねたように口を開いた。

「お前がそんなにも優しいのは、私にとって最大の誤算だよ」

聞こえないふりをした。意味は問わなかった。

結局、父を殺そうとしているかも聞けなかった。

シグルズは逃避するように、別の質問をした。

「……お前、どうして俺にだけ本音で喋るんだ？」

だがその質問は、

「罪滅ぼしだ」

彼が避けていた質問と、まったく同じ意味だった。

「私はお前の父を殺す」

返す言葉が見つからない。

「お前には、私を止める権利がある」

ブリュンヒルドはシグルズだけに話し始めた。

彼女があの晩、いや、あの日、何をしたのか。

第三章

『私はエデンから参りました』

　それが説明会の時、壇上のブリュンヒルドがテュポーン側に向かって発した、本当の第一声だった。

　ただし、ノーヴェルラントの公用語ではない。

　真声言語による発言だ。

　真声言語はあらゆるコミュニケーションの頂点に立つ手段である。口を動かすことなく、音にすることなく、どのような生き物に対しても、自分の伝えたいことを伝えることができる。

　それは言いかえれば、伝えたい相手を限定して、秘密の呼びかけに利用するのも可能ということだ。

　予期せぬ事態に会場内のテュポーンのメンバーが戸惑い、顔を見合わせていたが、ブリュンヒルドは気に留めずに続けた。

『竜の娘という報道は事実です。それは私が真声言語を用いて皆様に呼びかけていることからも、お分かりになると思います』

　真声言語の存在は、世間ではあまり知られていない。だが、竜を崇めているテュポーンにおいては基礎教養と言えるほどに浸透している。「万能の言語」ではなく、「竜の言葉」という認識の間違いこそあったが、そこはあまり問題ではなかった。むしろ、竜の娘を名乗る現状においては、その認識の間違いは有利に働く。ブリュンヒルドは事前にテュポーンについて徹底的に調べており、彼らの認識の間違いについても把握していた。

『私の言葉は軍の者には聞こえず、敬虔なる信徒の皆さまにだけ届きます。それも耳ではなく、心に。疑うのなら耳を塞いでごらんなさい。それでも私の言葉は届くのです』

　何人かは言われたように耳を塞いでみる。けれど、ブリュンヒルドの声は届き続けた。

『今から真声言語とは別に、私はこの口を使って言葉を発します』

　形の良い唇に、指をあてがう。

『しかし、それは愚かな軍人たちの目を、いいえ、耳を誤魔化すための嘘偽りです。私の真意は皆さまと共にあります。真声言語で話すことこそが私が本当にお話ししたいことなのです』

　ブリュンヒルドの口が動く。「本日はお集まりいただき……」。

『皆さまの活動内容は存じております。竜を崇拝し、死後、永年王国で魂の安寧を求める……それはまったく正しい。私は永年王国での安住を約束された人間です。皆さまを永年王国へ導きたい』

会場を満たしていた邪悪なまでの敵意が霧散していく。同時により強い戸惑いが波紋のように広がっていった。

『永年王国に争いはありません。人種や性別による差別も存在しません。彼の国については、みなさまもご存じでしょうからこれ以上説明はいたしません。竜は永年王国におわす神からの使いであり、善行を積んだ者の魂を彼の国へ導く使命を帯びております。しかし……神はお怒りです。現世での楽だけを求める人間が、竜を殺し始めたからです』

ブリュンヒルドは物憂げな表情をして続けた。

『神は人類を見捨ててしまおうかと思い悩んでおられます。そうなれば敬虔にして誠実な皆さまも永年王国にたどり着けなくなるのです。今、皆様が私の真声言語を聞くことができても話すことができないのは、神が人類を見捨てようと思っておられることの表れなのです』

一部の熱心な教徒は、大仰な仕草で顔を手で覆った。

『私は裁定者として遣わされました。人類に、永年王国へ招かれる資格があるか見極める者です。皆さまが彼の国に渡る資格を得るためには、まず竜殺しの罪を雪がねばなりません。具体的には忌まわしい竜殺しの首を、貢物とするのです』

――取るべき首の名は、シギベルト・ジークフリート。

『シギベルトは私の父です。殺すのに葛藤がないと言えば嘘になります。しかし、我が一族が積み上げてきた罪過を父の首だけで雪ぐことができるのならば……私は心を鬼にしましょう。

竜殺しを失った結果、この国が他国に蹂躙(じゅうりん)され、民が殺されることになろうとも、心さえ清らかならば死後の魂は救済されます。人生という刹那の幸福と、楽園で続く永年の安楽、どちらが良(い)いかは考えるまでもありません』

少女の赤い目が、信徒たちを見据えた。

『困惑されていることでしょう。状況に理解が追いついていない方、私のことを信用できない方。当然の反応です。それでもどうか私を信じてほしい。今宵(こよい)、月の見える丘カノンにおいでください。そこならば、私が竜の娘である証拠をお見せすることができます』

これが、公の場で内密に行われたスピーチの概要であった。

カノンはノーヴェルラント帝国北部にある竜信仰の聖地である。

荒野に似た黄土色の丘には点々と背の低い木が生えていた。竜を祀(まつ)る神殿は、派手さこそないが歴史が深く刻まれたものである。

だが、今は神殿の中にはブリュンヒルド以外に誰もいない。ブリュンヒルドが少尉の名の下、立ち入りを禁じたのだ。無論、少尉如(ごと)きに本来はそんなことをする権限はないのだが、民間人が少尉の権限の範囲など知っているはずがない。しっかりとした身分証を持った軍の偉い人が命令してきたから、言う通りにしたのである。

ブリュンヒルドは夕刻時点ですでに大聖堂に着いていた。

天井には宗教画が描かれている。竜が大勢の人間を天の国へと導いている絵だ。上昇する竜を一番上方に、それに引き上げられるような構図で人間たちが浮遊している。絵は下部に行けば行くほど色調が暗くなる。最も下方には黒い炎に包まれた人間たちがのたうち回っていた。

人を導いている竜は、白い鱗に覆われている。

絵画のタイトルは『聖ルツィフェル竜の威光』。中世の芸術家が描いたものであった。

使えるな、とブリュンヒルドは思った。

そう思った途端、ずきりと胸が痛み、自己嫌悪に陥った。

愛しい人の声が、彼女の心に蘇る。

『知恵の果実によって、君は人の心の機微を誰より敏感に察することができるようになるだろう。けれど、それで人を欺いたりしてはいけないよ。神は君を見ているからね』

日が沈むと、ぽつぽつと大聖堂に人が入ってきた。

テュポーンの信徒たちである。せっかちな何人かは早く証拠――ブリュンヒルドが竜の娘であるという証し――を見せるように言ってきたが、ブリュンヒルドは真声言語でそれを制した。

刻限を過ぎても、少しの間、ブリュンヒルドは動かなかった。一人でも多くのテュポーンの信徒に集まってほしかったからだ。

約束の時間を十五分ほど過ぎた。集まった信徒の数は四十二名。これ以上は増えないと踏んで、ブリュンヒルドは話を始めた。

『私を信じてここに来てくださった方に、まずは感謝を。私はあなたたちこそを真の仲間と信じます』

大聖堂に来た人間が全員、ブリュンヒルドのことを信用していたとは言い難い。

昼間の説明でブリュンヒルドのことを竜の娘と信じて神殿に来た者もいるにはいたが、その数は多くない。半信半疑の者が五割、残りは昼間と同様に冷ややかしか、ブリュンヒルドへの攻撃を目的としていた。

ブリュンヒルドはそのことを察していながらも、彼らを信頼しているていで話を続けた。

『昼間、私は皆様に申しました。自分は竜の娘であると。その証を皆様にお見せいたします』

ブリュンヒルドは軍服の右袖をまくり、グローブを外した。

白い鱗で覆われた腕が露出した。

『この腕は、我が父の鱗に覆われているのです』

それでブリュンヒルドを竜の娘と認めた者も、まあ、いないわけではなかった。だが、多くは胡散臭そうな目で彼女の腕を見ている。精巧に作られた偽の腕と思っているのだろう。当然の思考である。

ブリュンヒルドは鱗を一枚引き抜いた。赤い血が少し流れる。

ブリュンヒルドは蛇のような舌で鱗を舐めると、それを近くにいた男の信者に渡した。彼は感受性が強く、熱心な信徒であった。昼間の説明会では滂沱の涙を流し、今もブリュンヒルドの右腕を見ただけで感極まっている若者である。

『私の鱗を食べてごらんなさい』

信徒は緊張した様子であったが、やがて「は、はい！」と叫ぶように返事をし、鱗を口の中に放り込んだ。

途端、青年の体が発光を始めた。

「お……う……あ……」と青年がうめく。

ぼこぼこと背中が波打ち、隆起する。肩甲骨が皮膚を突き破って飛び出し、翼へと変わった。体中を稲妻が駆け巡り、皮膚が鱗へと変わり始める。首がみるみる伸びていき、顔は馬のように細長くなり、瞳孔は亀裂のような縦長に変わった。犬歯はナイフのように大きく、鋭い。

信徒の青年の姿は、白い竜へと変わっていた。体高は八メートルほどだ。

竜の鱗を口にすると一時的に竜となれる。それは四年前にここノーヴェルラント帝国へと渡った時、ブリュンヒルドがその身で学んだことである。

信徒の多くが身動きを取れずにいる。突拍子もない状況を目の当たりにすると、人間は大抵、停止してしまうものだ。やや間を置いてから一部の信徒が恐怖を叫び、逃げようとした。

『ま、待ってくれ！　みんな！』

それを引き留めたのは、竜となった青年の呼びかけだった。それは咆哮ではなく、確かに青年の声であった。それも、真声言語である。

『大丈夫だ！　みんな！　俺はみんなを襲ったりはしない！』

青年の声で、逃げ出そうとしていた信徒たちの足が止まった。

その青年は、名をアレクセイという。テュポーンの中でも特に誠実で、仲間内での信頼が厚く、団体内での地位も高かった。そんな彼の声だからこそ、逃げ出そうとしていた信徒全員を呼び止めることができたのだ。

そして、そんな彼だと知っていたから、ブリュンヒルドは鱗を分ける最初の一人に選んだのだ。団体内での地位については、団体の活動内容について記載されたパンフレットに目を通せばわかるし、彼の厚い信仰心は本人を見れば確認できた。

『感じますね？　竜の力を』

ブリュンヒルドは問う。

『はい……。体の奥底からすごいエネルギーを感じます。気分もいい……』

『理性も信仰も保ったままですね？』

『ええ。神竜様への忠誠は変わりません』

ブリュンヒルドはアレクセイに近寄り、彼の体を覆う鱗に触れた。そして、信徒たちへと振り向き、声をかけた。

『皆様も、彼に近寄ってみてください』

アレクセイは敵意がないことを示すべく、信徒たちに頭を下げた。

信徒たちはおずおずとアレクセイへと近づいていった。そして鱗に触れてその硬さに感嘆し、筋肉に触れてその力強さに驚嘆する。

『竜の鱗は銃弾も弾きます。いかなる剣も槍も貫くことはできません。そして、肉体の内に秘めた膂力はひと薙ぎで戦車をも吹き飛ばします』

ブリュンヒルドはアレクセイを見て言う。

『人に戻ろうと念じてみてください』

アレクセイが固く目をつむると、姿が青年へと戻っていく。

ブリュンヒルドは自分の鱗を一枚抜き取って、皆に見えるように掲げた。

『この力を、私はあなたたちに分け与えたい』

微かに色めき立った者たちがいた。少女の赤い瞳は、その者たちを捉え、記憶する。

ブリュンヒルドは天井へ向かって人差し指を立てた。

『天井の絵をごらんなさい。古き時代、人の心がいかに清純で、真実を捉えていたことか』

爪が指すは、白竜が人々を導く絵。

『この天井画は我らを描いたもの。私たちは竜へと変身し、無知なる人々を導かねばならないのです。志を同じくする者に竜の鱗を渡すべく、私はエデンから参ったのです。私は人類を永年王国へと導きたい。どうか鱗を受け取り、竜となって戦ってほしい』

鱗を欲しがらない者はいなかった。

もっとも信徒全員が敬虔だったわけではない。中には私利私欲のために鱗を使おうと企んでいる者もいた。敬虔な信者か、腹に一物ある者かは、外見からは分からない。

ブリュンヒルドは鱗を渡す前に、「信仰心の確認」と称して、二、三の質問をした。信徒全員に対してである。質問の内容、それに対してどう受け答えるかは重要ではなかった。

ブリュンヒルドが見ていたのは、答える時の目の輝きと、声のトーン、そして指や表情筋の動きなどであった。人間が無意識に発している微かな兆候を読み取って、ブリュンヒルドは対峙している信徒が、妄信者か否かを判断した。

そして、妄信者には、口に含んでから鱗を渡し、

企て事のある者には、口に含むことなく鱗を渡した。

アレクセイを除く信徒四十一人、全員に鱗が行き渡った。

ブリュンヒルドが合図をして、アレクセイ以外の信徒全員が鱗を食った。

アレクセイが竜となったのと同じように、四十一名が竜となる。

ただ違うのは、四十一人のうち、白い竜となったのは九名で残りの三十二人は黒い竜となっ

たということ。

白い竜の目には知性の光があり、黒竜たちを戸惑った様子で見つめていた。

黒い竜は皆、ブリュンヒルドにかしずくように首を垂らす。

『やましい心の持ち主は、黒い竜へと堕ちるのです』とブリュンヒルドは言ったが、これは嘘であった。

渡した鱗に、ブリュンヒルドの唾液が付着していたかどうかで黒か白かは決定される。

ブリュンヒルドの唾液には、わずかに知恵の果実の成分が含有されている。その成分は、竜に変身した後も知性を保持する働きをするのである。

だが、唾液の付着していない鱗を摂取すると、その者は鱗の主に隷属する黒竜となる。知恵の果実の加護がないために、知性を保てないのだ。黒竜は主人の言うことを聞くだけの下僕である。

『白き竜の皆さま、あなたたちはその清らかな心を神に選ばれたのです。黒竜となった者たちの素行を思い出してごらんなさい。日頃からどこか神に唾する行いをしていたのではありませんか？　必ずしも敬虔な信徒ではなかったのではありませんか？』

卑怯な問いかけであった。いついかなる時も敬虔な信徒でいられる人間など、きっと存在しないのだから。

だが、白竜たちはブリュンヒルドの問いが、卑怯だと気付くことなく、むしろ大いに納得してみせた。卑怯と気付くことのできる人間は、皆黒竜にされてしまっている。

人間の時から妄信的な性格であるのに加えて、今は「神に選ばれた」という優越感が、白い竜となった者たちの「本当の知性」を奪っていた。

（……まあ、やはり白竜になるのは……若い人間が多かったな）とブリュンヒルドは心の中で呟いた。

ブリュンヒルドが信徒全員を黒竜にしなかったのには理由があった。

黒竜はブリュンヒルドの支配下にある。けれど、知性がないため、複雑な指令を出すことはできない。人を襲えといえばその通りにするが、状況に応じて判断を変えることはできない。

新たな命令を受けるまで人を襲い続ける装置なのだ。

ブリュンヒルドには必要であった。

妄信的に自分を信じ、かつ細かな自分の指示に従って動くことのできる駒が。

竜の娘がその時考えていた作戦、

その晩、実演するお芝居には、

自分を瀕死で留まらせるための「力の加減」が大事なのであった。

ブリュンヒルドが話を終える。病室の窓から斜陽が差し込んできていた。

理解するのに時間を要した。それは、彼女が話した内容の意味が分からなかったのではなく、認めたくなかったからだとシグルズは思った。

「じゃあ……何か……？」

ようやくシグルズが喋り出す。

「街の人たちは……お前が殺したっていうのか」

「そうだ」

「嘘吐くなよ。だってお前、言ってたじゃねえかよ。街の人を守ってほしいって、俺が頼んだ時、了承しただろ」

「してない。少尉としての役割を果たすと言っただけだ」

「何も思わないのか。関係ない人をたくさん巻き込んで」

「何も思わない。関係のない人だからな。目的の達成に近付くなら、何度でも同じ手を使うよ」

「だったらなんで俺を助けたんだよ！」

がたんと椅子が倒れた。勢いよくシグルズは立ち上がると、ブリュンヒルドの胸倉を摑んだ。

「俺のことも見殺しにすればよかっただろ！　俺が生きていようがいまいが、お前の目的には関係ないんじゃないか！　俺のことを助ける理由なんてなかったじゃねえかよ！」

「お前は特別だよ」

シグルズは目を見開いて停止した。

特別。そう彼女は言った。

もし、もしブリュンヒルドが、例えば自分のことを友達として見てくれているのであれば。

（言葉が届くかもしれない）

友達なら。

だが、

「お前には利用価値がある」

少女の言葉は、少年が全く予期しないものだった。

「仇の息子だからな。私の推測が正しければ、あの男が本当に大事に思っているのは私ではなくお前だ。いくらでも利用方法は思いつく。あの男を殺す切り札にすらなりうるだろう。重要度でいえばザックスより上だ」

――だから助けたんだ。

「お前のいる橋に近付かないよう、竜たちに指示を飛ばした」

少女は氷の刃のように鋭い言葉でシグルズを攻撃した。

「お前といると楽しかったよ。本音で話せて居心地が良かった。それに甘えてしまった私にも非がある。だから、ここで終わりにしたい」

前にも言ったが、と少女は繋ぐ。

「私はきっとお前をひどく傷付けることになる」

いや、もう傷付いているか、と少女は俯きがちに言った。

「もう二度と、私に関わるな」

日が落ちていく。ほとんど沈みそうになってから、シグルズは口を開いた。

「お断りだ」

少女は鋭い目つきで少年を見た。

「私の言葉が理解できなかったか？　人の言葉は本当に不便だな。なら、もっとわかりやすい例え話をしてやろう。もしお前を殺すことで、あの男を殺せる状況になったなら、私は躊躇なくお前を殺す。同情も友情もない。それが私に残された唯一の目的だから……」

「お前、頭良いくせにバカだな」と少年は少女の言葉を遮った。

「なんだと……？」

「同情も友情もない？　だったらなんで俺を遠ざけようとしてんだよ」

それでシグルズは十分な説明をしたつもりだったが、少女の方は眉をひそめたままだ。

「あの男を殺すためなら、私はあらゆる手を用いる。お前も例外じゃない。利用できるとわかれば、私は容赦なく……」

「その説明がもう容赦してるだろうが。俺のことを傷付けたくないって思ってなきゃ言わねぇんだよ、そんなこと。自分の言ってることが無茶苦茶だって気付いてないのかよ」

そこまで言って、ようやくブリュンヒルドは理解したようだった。ハッとした表情になった後、戦慄きながら呟く。両の手で顔を覆い、うわごとのように呟く。「……違う。そんな馬鹿な。私が……？　私に限って、て」

「俺は明日もまたここに来るよ」

少女はバツが悪そうにシグルズから視線を外すと、窓の外を見る。太陽がちょうど沈み切ったところだった。

「面会時間は終わりだ！　帰れ！」

少年を言い負かすことができず、少女は感情的に吐き捨てた。生まれて初めて、少女は正面から言い負かされたのだった。

翌日もシグルズはブリュンヒルドの見舞いに足を運んだが、看護師に止められて病室にはたどり着けなかった。面会できない理由を説明する看護師は言葉を濁したものの、ブリュンヒルドが看護師に頼んだことは明々白々だった。

ブリュンヒルドへの面会許可が下りて少し日が経った頃。

ノーヴェルラント帝国の最南端にある港町エルベルグには、カノン砲を搭載した軍艦とその護衛艦が停泊していた。

あるエデンの攻略に成功したシギベルト准将の艦隊が、物資の補給及び「エデンの灰」の陸軍への引き渡しを行うべく、この港に寄ったのが一週間前のこと。本来の用件は、もう三日前に完了している。

シギベルト准将はもう三日も足止めを食っていた。友人であるザックス大佐によって。

軍艦フレデグントの一室で、ザックスはシギベルトと対峙していた。

「くどい。俺は首都には戻らない」

硬質な声音でシギベルトは言う。

「娘が大怪我をしているのに。お前はあの子の父親だろう！」

激昂するザックスの姿はシギベルトとは対照的で、これではどちらがブリュンヒルドの父親かわからない。

「あの子はお前に会いたいと言っている！　なぜ会ってやらない！」

「ヤツを娘だと思っていない」

「いい加減に……！」

今にも飛び掛からんばかりのザックスを、シギベルトは手をかざして制する。

「……最後まで聞け」

自分とブリュンヒルドの血のつながりを否定するつもりはシギベルトにもなかった。手首の刺青が血縁関係を証明しているからだ。彼が言いたいのはその先の話だった。自分とブリュンヒルドは一切の交流を持たずに十六年を生きてきた。シギベルトはブリュンヒルドに愛情など覚えていないが、それは向こうも同じはずだと彼は考えていたのだった。

「ヤツが俺を父親だと思って会いたがっているなど……俺には信じられない」

「理屈を抜きにして……絆でつながってるのが親子ってもんだろうが」

「………」

シギベルトは考え込む。

理屈を抜きにした絆。

そんなものをシギベルトは誰に対しても感じたことがない。自分の家族全てに対しても、友人に対しても、生まれてこのかた感じたことがない。

シギベルトはザックスのことを友人として好いているが、それは長年の付き合いという土壌があってこそのものだ。

(親子というのは、そんなにも超常的な心のつながりを有した関係なのか？)

親子の絆が正のベクトルに向かって働くことについて、シギベルトは懐疑的であったが、頭ごなしに否定するほど頭が固いわけではなかった。親、特に母親は子のために強くなれる。そういう事例は少なくない。

ブリュンヒルドは女子だ。女性特有の感受性の強さによって、自分に対して強い絆を感じている可能性をゼロとまでは言い切れないが……。

それでも、

「首都には戻らない」

もし他の娘が言っていたなら、絆の可能性を信じたかもしれない。

シギベルトの頭をよぎったのは、病院で自分を睨みつけるブリュンヒルドの顔。そこに刻まれた、世界のすべてを憎むかのような怨嗟の表情。

あんな顔をしたヤツが、自分に絆を感じているはずがない。

「ヤツは俺を殺そうとしている」

「最初はそうだったかもしれない。でも、あの子は変わったんだ。狼に育てられた女の子と同じだよ」

それでもシギベルトは首を縦に振らなかった。

「お前が戻らないっていうなら……」

ザックスは怒りに拳を震わせながら言う。

「俺にだって考えがある。俺はお前にあの子のことを任された。ブリュンヒルドの味方をするぞ」

「好きにしろ。俺は……お前にヤツを預けた」

どうもザックスはブリュンヒルドに誑かされているようにシギベルトには思えたが、それを指摘することはなかった。

シギベルトはことに戦闘や軍略に関しては天才的であったが、同時に人間関係の構築力は絶望的であり、本人にもその自覚があった。

本当にザックスがブリュンヒルドに誑かされているのだとしたら、自分の言葉などでは到底太刀打ちできないと判断したのである。

(もし、ザックスがあの女を懐柔できたなら、バルムンクを押し付けることもできたのだが)

シギベルトの思惑は、完全に失敗したようだった。

「それと……これは私情を抜きにした話だが、民間人も軍のお偉方も、お前には都に戻ってほしがっている」

「襲撃事件のせいだな」

「ああ。都を襲った竜の八割は殺したが、二割には逃げられてしまった。みんな怯えている。逃げた竜がいつまた襲ってくるかと、不安で過ごしているんだ。人々には今こそ竜殺しが必要だ」

「……それは、これから俺が赴く島も同じだ」

資源争奪戦で他国に後れは取れない。

ノーヴェルラントは資源に乏しく、国土も貧弱だ。他国に勝っているのは、竜を殺すことができる点だけ。竜が護る島エデン、そこにあるエネルギーを他国に先んじて確保することで、ノーヴェルラントは列強に名を連ねている。

シギベルトが首都に戻ることは国にとって明確なマイナスになる。その上、都の人間を安心させることが何か具体的なプラスになるとはシギベルトには思えなかった。

竜がいつ襲ってくるか、そもそも再び襲撃があるかどうかさえもわからない。逃げた竜たちの足取りもつかめていないから、こちらから攻めることもできない。

「竜が再度襲撃してくるまで……俺を都に留まらせるつもりか？　……ひと月やふた月では済まないかもしれないいな」

「民間人の声だけなら、ねじ伏せることもできたかもしれない。いや、今回はそれも難しいけど……」

人々に刻み込まれた竜への恐怖は深い。そして、それは未だに首都に戻ってこない竜殺しへの不満へと変わりつつある。襲撃に備えて街には特別警戒態勢がしかれているが、それがまた人々の緊張を増長させていた。

「軍上層部や政治家、聖職者の連中も都の防備を固めたがってる。ヤツラだって自分の命が惜しいからな。彼ら全員の要求を撥ねのけるのは、いくらお前でも無理だぞ」

「……そうだな」

シギベルトは黙り込んだ。彼の沈黙は長かったからザックスはいよいよ説得に成功したと思った。

が。

「要は……都に竜を撃退するだけの力があればいいんだろう？」

「そうだ。だからお前の力が……」

「俺が戻らなくとも……都に迎撃能力を持たせることはできる」

シギベルトの三白眼がザックスを見据えた。

「ザックス」

「なんだ？」

「お前は、俺の友人か？」

「？　いまさら何を言って……」

「答えてくれ」

「……当たり前だろ。俺とお前は友達だ」

「そうか」

ザックスにはシギベルトの問いの意味が分からなかった。けれど、今の確認作業はコミュニケーションが苦手なシギベルトにとっては重要な意味を持っていた。

「お前を友人と信じて、頼みがある」

シギベルトは目を閉じる。

しばらくそうした後、やがて決心したかのように目を開けた。

「俺の子供にバルムンクの扱い方を教える。お前にも……知ってもらうことになる。バルムンクとは、大砲の名前でも、巨剣の名前でもないことを……」

　シギベルトは首にかけていたペンダントを外すと、それをザックスへと渡した。

　赤い、涙形のルビーに見える。

「宝石の形をしているが……屋敷にある地下室のカギだ。バルムンクがそこにある。接触すれば……自ずと扱えるようになる。我が血筋の者であれば……」

「そこにブリュンヒルドを連れて行けばいいんだな？」

「違う。連れていくのはシグルズだ。あの女には内密にしてくれ」

　シギベルトを見据えるザックスの目には非難の色が浮かんでいたが、シギベルトは無視して続けた。

「シグルズがバルムンクの担い手となり竜から都を守る。文句はないだろう」

「それは、そうなんだがな……」

　しかしシギベルトの眉間に皺が寄る。そして呟く。

「できることなら……あの子に継がせたくはなかった」

「……そんなにあの子を邪険にしなくたって」

　二人が口にした『あの子』には致命的なすれ違いがあった。

「そろそろ艦を出す。俺は俺の任務を果たす。……それしかできないからな」

　ザックスは艦を降り、歯ぎしりをして見送った。友人が娘を顧みずに、新たな資源を求めて竜を殺しに向かったのを。

竜の娘の回復は人間より早い。

入院から一か月後、ついに退院許可が下りた。

ブリュンヒルドの退院に際し、新聞記者が押し寄せることは予期できた。だから、彼女がいつ退院するかは明らかにされなかったし、退院する時は病院の裏口が使われた。初めて彼女が軍営病院を退院した時と同じ段取りを踏んだのだ。

にもかかわらず、今度はどういうわけか新聞記者たちはブリュンヒルドが退院する日時をばっちり把握しており、しっかりと裏口で待ち構えていた。病院内の誰かが、新聞記者たちへ情報を流したとしか思えなかった。

裏口でブリュンヒルドはたくさんの記者に囲まれ、矢継ぎ早に質問を浴びせられた。

ジークフリート家の従者は記者たちからブリュンヒルドを守ろうとしたが、それをブリュンヒルドは制し、にこやかに質問に答えていった。

「少尉としてやるべきことをやっただけです」「褒められることなど何も」「民間人を守るのが軍人の務めです」「ジークフリート家の者であれば当然ですから」

彼女の返答はどれも軍人として、そしてジークフリート家の令嬢として模範的であった。

模範的であるがゆえに、記者たちにとってはつまらないものであった。

だから、記者は一歩踏み込んだ質問をした。

「竜が怖くはなかったですか？」

来たな、と竜の娘は思った。

だから、それまでよどみなく答えていた返答に、敢えて詰まってみせた。

記者たちは、求めていた手応えを感じた。

一瞬、詰まってみせてから、少女は「怖くなかったです」とそれまでより小さな声で返した。

そこからの記者たちの質問はまるで雪崩を打ったようだった。

「本当に怖くなかったのですか？」「竜殺しとして実力不足を感じませんでしたか？」「本当の竜殺しならば、被害をもっと抑えられたのではありませんか？」「お父様についてどう思われますか？」「お父様がいれば、と思いませんでしたか？」

その他同種の質問に、ブリュンヒルドはまとめてひとつの言葉で答えた。

肩を震わせ、両手で顔を覆い、「ごめんなさい」と。

その「ごめんなさい」で、記者たちがどれだけ多くの意味を好き勝手にくみ取ってくれるか、彼女はよく理解していたのだった。

悲しむふりをする竜の娘の脳裏を、懐かしい声がよぎった。

『知恵の果実を食べることが罪なのではない。果実から授かった知恵で、他人を陥れることが罪なのだ』

それで、娘は本当に悲しくなった。

「竜殺しの女神、奇跡の生還」
「退院後に流した涙の理由」
「竜殺し、中身は等身大の少女」
「不在の父に代わり、悲壮な決意」
「健気(けなげ)な娘、放置する冷酷な父」

好き放題な見出しが躍った。

普段であれば軍からの圧力がかかったかもしれないが、今回はそれがなかった。ブリュンヒルドのことをまるで自分の娘のように思っている陸軍大佐が報道を許可したのであった。

ブリュンヒルドが流した涙。

その『本当の理由』を知っているのは、ニーベルンゲンの街には一人しかいない。

シグルズ・ジークフリート。

朝食の時間に新聞を見た時、シグルズはめまいを覚えた。ブリュンヒルドではないが、パンから砂の味がした。

はっきり言って、シグルズにはどうしたらいいかわからない。毎日病院に足を運んだが門前払いにされた。昨日からブリュンヒルドは屋敷に戻ってきているものの、部屋には鍵がかかっていて入れない。いつもは開放されていた昼飯時ですら施錠されているのだった。

（アイツを止めなきゃいけない）

シグルズにとってブリュンヒルドは、初めてできた友達だった。けんかっぱやい性格の彼には人が寄り付かないのだ。彼には家名目当てに群がる取り巻きがいるだけである。

ブリュンヒルドが自分の父親を殺そうとしている。殺そうとするのに納得できる理由がある。でも、父親を殺されたくなんてない。

叶うなら、ブリュンヒルドには復讐をやめてもらいたい。エリート将校として軍の幹部になったってもう嫉妬しないし、父から竜殺しを継ぐことになったってもうひがんだりしない。だから、父と……和解とまでは言わないまでも、殺そうとするのはやめてほしい。

もしブリュンヒルドが殺害計画をしくじれば、父は彼女を軍法会議にかけて処刑するだろう。

（二人とも生きていてほしい）

それが十七歳の少年シグルズの切なる願いであった。

けれど、シグルズは十七歳の少年に過ぎなかったため、解決手段を有していなかった。いや、彼の年齢はきっと関係がない。

（どう考えたって、説得でどうにかできる問題じゃない）

ブリュンヒルドが燃やす復讐の炎は苛烈だ。

シグルズが止められるような生ぬるいものでは決してない。だって、彼女は目的のためにたくさんの人間を巻き添えにして殺している。ブリュンヒルドが引き起こした襲撃事件での死者は五十四人、負傷者は三百人にも上っているのだ。しかもその負傷者には彼女自身も含まれている。自分を死ぬギリギリまで追い込んでまで目的を果たそうとしているヤツを説き伏せられる言葉など、少なくともシグルズには思いつかない。

思い悩んでいるうちに午前が終わった。いつのまにか時計の針は午後三時を指している。

シグルズの部屋のドアをノックする者があった。

すわブリュンヒルドかと身構えたが、叩き方が違った。彼女は控えめに戸を叩くが、今のノックは力強い感じがした。

「どうぞ」

入ってきたのは、ザックス大佐だった。

シグルズ軍曹は席から立ち上がり、背筋を正すとともに敬礼をした。

「楽にしてよ。今日は……そういうのじゃないから」

だが、シグルズは姿勢を崩さない。

ザックスはドアを閉めた。

「君の父さんから頼まれごとをされてね」

ザックスはルビーのペンダントをポケットから取り出した。

その日の夕刻、シグルズはブリュンヒルドの部屋へ向かった。ノックもせずにドアを開けようとする。鍵がかかっていたが、それを今しがた入手した『力』でこじ開けた。

ブリュンヒルドが苦い顔をしながら、食事を掃除しているところであった。

少女は驚いてシグルズを見た。だが、少女はすぐに厳しい顔を作る。

「二度と関わるなと言ったはずだが……」

シグルズは言葉を聞かずに、彼女の近くまでつかつかと歩いていった。

シグルズは椅子に座っている少女を見下ろす。威圧するように。

少女は赤い瞳でシグルズを見上げた。

「バルムンクを手に入れた」

強い声音で言う。

「父さんが俺を正式な跡取りにすることに決めたんだ。お前じゃなくて、俺をな」

俺は、竜殺しになった。

「シギベルト准将は遠くの港にいるはずだ。どうやって継承の意思を確認した？」

「ザックス大佐が取り次いでくれたんだよ」

「そうか」

ブリュンヒルドは微笑んだ。

「良かったな。父に認められて夢が叶ったわけだ。羨ましいよ。私は一度も認めてもらえなかったから……」

その声にはあまりに敵意がなく、そして寂しそうで。

一瞬だけ、シグルズは毒気を抜かれそうになる。

けれど、できるだけ低い声で続けた。

「俺はお前より強くなった」

出しうる限り一番怖い声で。脅すように。

「バルムンクはきっとお前が思っているようなものじゃない。お前が想像するよりもずっと強力なんだ。バルムンクを使う俺に、お前は勝てない」

「そのバルムンクの正体を教えてくれれば、私の計画がずいぶんとやりやすくなるんだがな」

「教えるわけないだろ」

やっと手に入れた優位性を譲る気はなかった。

「はっきり言うぜ。これは嘘じゃない。バルムンクがある限り、お前は俺にも父さんにも勝てない。これは脅しじゃないんだ。だから……」

父さんを殺すのはやめてくれ。

それまで高圧的だった声が、乞うように弱弱しくなった。

「お前がどれだけ辛い目に遭ったか……わかるなんて軽々しく言わねえよ。多分、俺には想像もつかない。でも、やめてくれよ。俺は、お前にも父さんにも死んでほしくねえんだ。お前がこれ以上、酷いことするのも見たくない。いくらお前が酷い目に遭ったからって、復讐したいからって……巻き添えで人が殺されていいはずないだろ」

言いたくはないけれど、言うしかない。

「時間が……時間が経てば……お前だって……きっと……」

けれど、やはり最後までは言えなかった。

だから、続きはブリュンヒルドが引き継いだ。

「そうだな。時間が癒してくれる」

少女は、自分が着ている軍服のボタンに手をかけた。

ぷつりぷつりと、一つずつ外していく。

少女は軍服の上衣、その右袖から腕を抜いた。

ブリュンヒルドは軍服の下に、袖のないシルク生地のキャミソールワンピースを着ていた。

だから、右肩から先が完全にあらわになる。

少女の右腕は、白い鱗に覆われている。

顔をそむけるシグルズに、ブリュンヒルドは言う。

「シグルズ、ちゃんと見ろ」

「……見なくてもわかってるよ。お前の右腕は……」

「そうじゃない。見るんだ、シグルズ」

おずおずとシグルズは顔を上げた。

ブリュンヒルドは左の人差し指で、右腕の付け根を指した。

「鱗はここまであったんだ」

人差し指を、すっと右肘まで移動させた。

「半年で、ここまで治ってしまった」

かつて肩まで覆っていた鱗が、今は肘までしかない。

人間の再生能力とは恐ろしいな、と少女は皮肉っぽく笑った。

「病院であの男と話をした時に決めたんだ。父の仇は、この右手で、私の父の手で討つと。だから、私には時間がない。鱗が失われる前に、ヤツを殺す」

この少女は、傷痕にまで自分の父親を見ている。

シグルズは視線を彷徨わせた。何かブリュンヒルドを説得する材料がないかと。

ふと、本棚に一冊の本が収められていることにシグルズは気付いた。難解な書物の中に交じっていたそれはとても目立った。

狼に育てられた少女の本である。

シグルズが何を見ているか、ブリュンヒルドも気付いた。

その絵本に気付いた時、シグルズは少しほっとした。

ノーヴェルラント帝国の人間なら、誰もが知っている物語。

狼に育てられた少女は、猟師に引き取られ人間の世界にやってくる。最初、狼の少女は戸惑うが紆余曲折を経た後、人間と仲良くなり、幸せな結末に至るのだ。

（この本を持っているということは……）

きっとブリュンヒルドも心の奥底では、狼の少女のように幸せになることを望んでいるのではないか。

俺にだけ本音で喋る少女。

最初はいけ好かない奴だと思っていたが、普通に笑うし、つまらないけどジョークも言う。意外に怖がりなところもあって、レーションなんかで大喜びをする変わり者。偉そうな喋り方をするけれど……かわいいところがある奴だって、最近分かった。

そんな奴が……たとえ父の仇とはいえ人殺しを良しとするはずがない。きっと本当は殺したくなんかない。襲撃事件で民間人を巻き込んだのは、そうするしか手がなかったからだ。叶うなら、誰も傷付かないことを望んでいるに決まっている。

「そうか、シグルズ。お前はそう読んだんだな、その物語を」

相変わらず見透かしたようなことを言う。

「人間ならばそう読むのが正しい。書き手がそれを意図して書いているのだからな。私はな、その本を読んだとき、泣いたのだ。人の国に来て初めて、泣いたのだ」

――怖くて、泣いたんだ。

「狼に育てられた少女は、時間と共に猟師に撃ち殺された親のことを忘れ、人間へ帰化する。どれだけ強い思いも、風化し崩れることは避けられないと、その本は私に教えた」

ブリュンヒルドが読む視点は、人のそれとは違った。

「二度と読まないと決めているが、戒めのために部屋に置いてある。この国に来て、ほんの六か月だが……もう思い出せなくなってきている。目をつぶって作った暗闇に父の姿を描こうとしても……ぼやけるのだ」

そんなの俺だって同じだし、みんなそうだろうとシグルズは思った。

父親の顔を詳細に思い出せって言われたって、細かいところまで覚えてる奴なんてきっといない。

けれど、それを口にしたところで、少女の決意を変えることはできないだろう。

シグルズが父の顔を細かいところまで思い出せないのと、ブリュンヒルドが父親の顔を思い出せないのとでは、現象は同じでも意味合いが全く違うのだから。

そもそも、どれだけ弁が立つ奴でも、コイツに口では勝てないとシグルズは思う。恐ろしく知恵の回る女だ。

だから、力で示すしかないんだ。

「俺はお前に父さんを殺させない。でも、俺はお前を殺さない。その気になればお前を殺せるけど、それだけは絶対にしない。半殺しで勘弁してやる。でも、そんなことさせないでくれよ。させんじゃねえぞ」

吐き捨てるように言って、シグルズは部屋を後にする。

部屋を出た彼の手には、レーションが握られていた。

(ブリュンヒルドが俺の脅しにビビってくれたなら……詫びの代わりに渡すつもりだったけど)

レーションのケースを痛いほどに握りしめる。

少女の赤い瞳、そこに燃ゆる炎は僅かだって揺らいだ様子はなかった。

その夜は雨が降っていた。しとしとと歩道を打ち、濡らしていた。

ザックスは書斎で本を読んでいた。時計の針はもう夜更けと言っていい時間を指していた。

そろそろ眠ろうかと思ったところに、執事がやってきた。

屋敷の前で傘も差さずに立ち尽くしている人間がいるという。

そんな不審者、すぐに追い払うよう執事に命じたが、「しかし……」と執事の顔が曇る。

「屋敷の前にいらっしゃるのは、どうもジークフリート家のご令嬢に見えるのです」

執事を下がらせて、ザックス自身が玄関へと向かった。

ドアを開けると、ブリュンヒルドが立っていた。傘も差さずに。赤い軍服が濡れそぼっていた。ブリュンヒルドの顔もまた雨とは違う液体で濡れていた。

「ど、どうしたの……!?」

こんな時間に、俺の家に、そんな顔をして、一体何があったのか。

少女は赤い顔でしゃくりあげるだけだった。

「とにかく、中に入って。風邪を引いちゃうよ」

ブリュンヒルドがシャワーで体を温めている間に、ザックスは自分でホットミルクを準備した。執事ではなくメイドを雇っておけばよかったかもとザックスは思った。シャワーから戻ってきた後、彼女をどう扱ったものかわからない。着せる服だってない。異性関係を二十四の時に断ち切ったザックスの家に、女物の服などあるわけがない。

仕方がないから、自分の野暮ったい寝間着を準備した。それ以外に手の打ちようがなかった。

しばらくして、ザックスの部屋にブリュンヒルドがやってきた。

ブリュンヒルドは寝間着の上しか着ていなかった。ズボンをはいていない。ザックスの寝間着はブリュンヒルドには大きすぎるため、ダボッとしたワンピースのようになっていた。小さくて白い膝が見えている。

「ズボンは……？」

「……申し訳ありません。せっかくご用意いただいたのですが……その、大きすぎて……ゴムがゆるく……」

そりゃそうだ。気付かなかったが。

ブリュンヒルドの細い腰回りと、自分の腹回りでは、そりゃあそうなる。

「参ったな……ここにあるのは全部俺に合わせたサイズだから……」

「大丈夫です。ほら、見てください」

ブリュンヒルドはくるりと回ってみせた。髪を濡らしていた水滴がきらめきながら散らばる。

彼女が着れば、野暮ったい男物さえ可憐なドレスに様変わりするのだった。

回った後、ブリュンヒルドは柔らかに微笑んだ。ザックスの瞳には、彼女は花の女神のように映った。

「ほら、大丈夫でしょう？」

「……ああ」

自然と顔がほころんでいた。

初めて会った時は、不気味な少女だと思った。

こちらを観察するような、暗い赤色の瞳が気持ち悪かった。

けれど、今はこんな表情を見せてくれる。

「それに大佐の服は、なんだか懐かしい匂いがして安心するのです」

「懐かしい……？」

「エデンにいた頃の……。まだ育ての父が生きていた頃の……」

ブリュンヒルドはそこで言葉を切った。

(もしかしてこの子は俺のことを……)

一瞬、ある考えがザックスの脳裏をよぎったがすぐに振り払った。その考えはいくらなんでも自分に都合がよすぎると冷静に判断したからだ。

「ホットミルク、いれたんだ。落ち着くと思う」

ザックスはミルクを勧めて、尋ねた。

「それで……どうしたの、こんな時間に。何かあったの？」

ブリュンヒルドは両手でカップを持つ。リスのような仕草だ。

彼女は湯気の立つミルクを見つめて、口をつけようとしなかった。

「いえ、なんでもありません。たまたま大佐のご自宅を通りかかりまして」

「そんなはずないじゃない」

雨の中立ち尽くしている彼女の姿を目撃している。

「泣いてたでしょ」

反論できないようだった。

「話してみてくれないかい？　力になれるかもしれない」

それでもブリュンヒルドは黙っていた。

ザックスは、人の表情から心の内を読み取る能力については自信があった。長年の経験に裏打ちされた技術だ。それによれば、今のブリュンヒルドの表情は、他人様に迷惑をかけられないと思っている人のそれだった。

「いつか病院で話をしたことがあったじゃない」

穏やかなトーンでザックスは話を続ける。ブリュンヒルドに安心してほしかった。

「頼っていいかって、俺に聞いてきたよね。もちろんだよって俺は答えた。今もその気持ちは変わらないよ。迷惑なんかじゃない。頼ってほしい」

少女はやっと顔を上げて、零すように呟いた。「大佐……」

「どうしてでしょう……。私は大佐の前ですと、どうしようもなく子供になってしまう気がします」

「実際、まだ子供なんだからいいじゃないか。だから、ほら、話してごらん」

それでも少女は迷っていたようだったが、やがてぽつりぽつりと話を始めた。

「シグルズ軍曹が……竜殺しになったと聞いたのです。シギベルト准将の正式な跡取りとして認められたと」

ぎゅっと胸が詰まる思いがザックスを襲った。

「良いのです。当然のことです。シグルズ兄様は私よりずっと長くお父様と暮らしていたのですから。それに……私は女ですし」

そう言ってブリュンヒルドは笑ったが、その笑顔はあまりに痛ましくて。

ザックスにはとても見ていられなかった。

「私……馬鹿ですよね。勘違いしちゃって。少尉の階級を与えてくださったから……期待されてるのかもって……。頑張ったら……もしかしたら、私だって……って……」

わかっていたはずなのに、と言って少女は顔を覆った。

「屋敷にいるのが辛くて……気付いたら……大佐のお屋敷の前にいて……」

それ以上、言葉を続けられないようだった。

続けなくとも、ザックスはブリュンヒルドの心のうちを読み取った。

「ブリュンヒルドは本当によく頑張っている。それはこの国のみんなが知っているよ」

ザックスはブリュンヒルドの傍に寄り、そっと肩に手を置いた。

「大佐……大佐ぁ……」

自分の言動にうんざりした。

月並みなことしか言えない自分が歯がゆい。

踏み込んで助けになれない自分が憎い。

もし、もし俺が。

「大佐が……」

少女はしゃくりあげながら言う。

「大佐が……私のお父様だったら良かったのに」

もう我慢ならなかった。

ザックスは少女の肩を抱きしめた。


二十四歳の冬のことを思い出す。

女に刺された時のこと。

あの頃、俺は女遊びが酷かった。どれだけたくさんの女を抱いたかを武勇伝みたいにシギベルトに話したりしてたっけ。

遊び相手の一人が、女の子を妊娠したと言ってきた。

その瞬間、体中に電流が流れたような感覚があった。

子供、女の子。

実感がわかなかった。

まだまだ自分のことをガキだと思っていたけど、そんなガキの自分が親になる時が来たのか？　本当に？

「え？　人間、こんな一瞬で変わることがあるの？」と、今でも驚ける。

その瞬間から俺はあらゆる女関係を絶った。自分の妻となる女性を除いて。

よく覚えている。

俺は、嬉しかった。

嬉しかったんだよ。

理由なんてわからない。しいて考えるなら人生の明確な目標ができたから、と言えるかも。女を抱いて、飯食って、ジジイになって死んでいくだけの人生に、明確な目標ができたってこと、なんだと思う。

光だった。

その子は、俺の、俺たちの光だった。

浮かれてしまって知育玩具とかお洋服とか人形とかぬいぐるみとか買いまくったっけ。妻になる人に笑われたけど、それでよかったんだ。今まで生きてきた中で、一番意味のある金の使い方だったんだから。

まだ娘の顔も見ていないのに、成長したときの姿を思い描いた。

妻になる人に似れば、かわいい子になる。だったら、軍には絶対に入れたくないなぁ。俺みたいな男がいるから。きっと純粋無垢な子だ。まんまと食い物にされてしまう。父親として守ってやらないと。……って、いつまで守り続けるんだ？　いやあ、叶うならいつまでだって守っていたいよ。俺がジジイになって死ぬまで。でも、それは良くないよな。俺の娘だからって、俺の所有物じゃない。きちんとした男を選んで来たら、巣立ちを見送らないと。だけど、ああ、でも悩ましい。いっそ男の子だったらこんな心配しなくて良かったのに。

シギベルトはちょっとうんざりしつつも俺の話に付き合ってくれた。「近頃……お前は同じ話しかしないな……」なんて言ってたけど、聞き役に徹してくれてたよな。「赤子は……きっと温かいんだろうな」とかとんちんかんなこと、言ってたな。

妻になる人だけが俺の妄想に同レベルでついてくることができた。夜が明けるまで同じ話題を話し続けた。もう何度も繰り返した話だって、少しも飽きることがなかったっていうんだから不思議だ。その時期が、俺の人生で一番幸福だったって、断言できる。

でも、神様はちゃんといるんだよ。

悪いことをしてたら、天罰が下るんだ。

お腹の子の健康を確かめるために病院に行った、その帰り道のことだった。しんしんと雪が降っていて寒かった。妻となる人の体が冷えないように身を寄せ合って歩いていた。ところどころ凍りついている路面に気を付けながら。

……これでも軍人だから、殺気みたいなもんは感じることができた。

でも、察知できたからって防ぐ力がないと意味がない。

気付いた時には、その女は凶刃を携えて妻になる人の至近距離にいた。

俺が遊び相手にして、振った女だった。

刺すなら俺にしてほしいと思った。

でもナイフを持った女は、はなから俺ではなく、妻となるはずだった人を刺そうとしていやがった。二人の間に割って入った俺に余裕はなかった。

でも、そんなの言い訳にならないんだ。

かばおうとした俺の肘が、妻となるはずだった人を突き飛ばしてしまった。

俺は腹を刺されながらも、火事場の馬鹿力ってヤツのおかげで女を取り押さえることができた。

女を凍てついた路面に押し付けて、妻となるはずだった人に向け、「無事か？」なんて間抜けなことを抜かした。

——俺が殺したんだ。

打ち所が悪かったとか、そういうことじゃないんだ。

あの時、俺が妻となるはずだった人を突き飛ばさなければ、

あるいはシギベルトみたいに強くて、もっとうまいこと凶刃に対処できたなら、

何より、

俺が女遊びをしていなければ。

妻となるはずだった人が襲われることはなかったし、妻となるはずだった人が凍った路面に、大きなお腹を打ち付けることもなかったんだから。

この世の終わりってやつを知った。

そいつは酷く地味で痛みのないもんだった。

妻となるはずだった人のスカートから血が流れだして、路面に広がっていった。血はどんどん冷たくなっていった。冷気があの子の生命のぬくもりを奪っていってるように思えて、「やめろ、やめてくれ」なんて喚き散らしてた。はっきり覚えてるのはその辺までだ。

もし、あの子が生きてたら……ちゃんと生まれることができたなら、
俺が殺さなかったのなら。

ちょうど今年で十六歳だ。

腕の中の少尉と、同い年なんだよ。

気付けば俺は泣いていた。わんわんわんわん、ガキみたいに。

ブリュンヒルドの方はもう泣き止んでいて、俺に抱きしめられながら、背中を優しくさすってくれていた。これじゃあどっちが大人か、わかんないな。

少女が静かな声で言う。
「私は所詮、まがい物の娘ですが」
それでも、
――お父様の傍からいなくなったりしませんから。
「今度は私を、頼ってください」
ブリュンヒルドは、俺の背中を撫で続けてくれている。まるで赤子をあやすように。
…………。
……なあ、シギベルト。どうしてだ？
どうしてこんなに良い子を邪険に扱う？
こんなに良い子を娘に持ってるくせに、どうしてあんなに冷たくあしらえる？
今、俺はお前が死ぬほど羨ましいし、なんなら憎いよ。
この子はお前に認められたくて、瀕死の重傷を負うまで頑張ったんだぞ？
どうして竜殺しを継がせない？
どうしてバルムンクを渡してやらなかったんだ？
俺は何もしてやれないのに。俺は何の役にも立たないのに。
なのに、この子は傍にいてくれると言う。頼ってくれなんて言う。
（何か一つでもいい。一つでも、この子の助けになれたなら……）

　ふと、俺の私室にある金庫を思い出す。

　その中にはシギベルトから預かったペンダントが保管されている。

　ああ、そうか。

　俺がその気になれば、渡せるものがあるじゃないか。

　俺はこの子に、バルムンクを渡せるんじゃないか。

「ブリュンヒルド」

　娘はきょとんとした表情をして俺を見つめている。

「渡したいものがあるんだ」

　次の言葉を聞いたら、どんな表情を見せてくれるだろうか。想像するだけでも、なんだかこっちまで嬉しくなってきてしまう。

(何も間違っちゃいないさ)

　シグルズよりもこの子の方がずっと優秀だし、成果も挙げている。だから、どうせ後になってシギベルトのヤツもわかるんだ。初めからこの子にバルムンクを渡していればよかったって。

　だから、俺がバルムンクをこの子に渡しても、間違いなんかじゃ……。

『ザックス』

　その時、唐突に俺の頭をよぎったのは、

『お前は、俺の友人か？』

ひどく不愛想(あいそう)な、友人の、確認の言葉だった。

頭の中を激しく暴れまわった熱が、どうしてそれで大人しくなったのかはわからない。

……白状する。

俺はブリュンヒルドに、生まれることのできなかった娘を重ねている。ブリュンヒルドのことがとても好きだ。この子のためならどんなことだってできる。

でも、それ以上に、

あの頭の固い友人を、裏切ってはダメだって思う。

ブリュンヒルドに娘を重ねるのは自分の勝手だけど、

「……ごめん」

やっぱりブリュンヒルドは、俺の娘じゃないんだから。

「今の言葉は忘れてほしい」

どうしてだろうか。

その瞬間、一瞬だけ、

ブリュンヒルドが、全く別の生き物に見えたのは。

続けて、強く失望するような視線で俺を見た気がした。

かなり、きつい。

でも、渡せない。絶対に。

「よいのです」

ブリュンヒルドは笑った。

「大佐、無理をなさらないで。大佐がそう仰るなら忘れますから」

微笑みを浮かべるブリュンヒルドは、俺のよく知る少女に戻っていた。

だから俺もすぐに笑顔を取り戻すことができた。

「そろそろお暇しようかと思います。これ以上ご迷惑をおかけするわけにはいきませんし」

「迷惑なんてかけられていないって」

「本当ですか？　だったら、また伺ってもよいでしょうか？」

「いいとも。ただし仕事中はダメだからな」

ブリュンヒルドはぽんと両の掌を合わせて喜んでくれた。

「やった。でしたらしばらくの間、大佐のお宅を避難場所に使わせてくださいな」

「避難場所？」

「ええ、シグルズ兄様が自慢してくるのです。バルムンクを手に入れたことを。せめてバルムンクがどういうものか知ることができたなら、言い返せるんですけども」

眉を下げながら、頰をひっかく少女。

……シギベルト。それくらいはいいよな？

バルムンクをこの子に渡すようなことはしない。誰を竜殺しにするかはお前が決めることだ。でも、バルムンクの正体を教えるくらいは良いだろ？　この子もジークフリート家の娘だ。

それにバルムンクの正体を知ったところで、本体に触れなければ扱えない。もちろん、正体を知る＝竜殺しになるってわけでもない。正体を知っただけで竜殺しになるなら、俺ももう竜殺しだ。

これくらいは教えたって、良いだろ？

ザックスは人差し指を口に当てる。

「いいかい？　絶対に誰にも言うなよ？　後で俺がアイツに怒られる」

「教えてくださるんですか？」

「正体を知る権利くらいはブリュンヒルドにもあるさ」

少女の瞳がきらきらと輝く。

「バルムンクっていうのは、『神の力の欠片』だ」

「神の力……？」

ええと、話しても信じてくれないかもなとザックスは鼻の頭を掻いた。すると、大佐のお話なら何でも信じますとブリュンヒルドは前のめりになった。

うーん、かわいい。でもこの純真さのせいで、将来、悪い男に騙されないかと少し不安。

「人間の世界ができる前、宇宙には神と天使しかいなかったっていうのは知ってるかな？」

「もちろんです。歴史学はしっかりと修めております」

「天使のうち三分の一が竜になって、神へ叛逆を企てたってことも？」

「はい。そのリーダーが最初の竜ルツィフェルですね。邪竜ルツィフェルは神に敗れ、地獄へと堕とされました」

「邪竜ルツィフェルは神の雷霆によって撃破された。その雷霆の一部が、地上に残った物。それがバルムンクの正体なんだ」

ブリュンヒルドは口元に手をやる。深く考え込んでしまったようだ。

……ちょっと説明が難しかったかもしれない。

「俺が見たバルムンクの本体は、光の塊だったよ。超圧縮された高エネルギー体って感じかな。けど、強すぎるエネルギー体だから普通の人間は触れただけで狂ってしまうらしい。何せ神の力の片鱗だからね。神様を人間の身で理解しようってのに無理がある。それでも人間はバルムンクを扱うことを諦めなかった。バルムンクを扱える人間を生み出そうと、何代も何代も血の改良研究を重ねたんだ。そして生み出されたのがジークフリート家の血族。彼らだけが神の力を取り入れても狂わずに済む。……いや、厳密に言うとジークフリート家の血族も神の力を取り入れると狂ってしまうんだが、彼らは理性を失わずに済む量を正確に計量して、取り入れることができるらしいんだ」

シギベルトがやたらゆっくりと言葉を話すのも、バルムンクによって言語野に異常をきたしてしまったせいだと聞いた。……アイツはいつも大事なことを言わないからな。もうアイツを喋り方でからかうのはやめようと決めている。しかも、体内に取り込んだバルムンクは、ゆっくりとだが確実に脳の他の機能をも蝕みつつあるらしい。

「……そういうことか」と少女は呟いた。

「バルムンクは最初の竜を殺した力。それは成り立ちからして竜殺しという属性を与えられる。であれば、問題は振るう力の大きさじゃない。たとえわずかな量のバルムンクであっても、それは竜を問答無用で無力化できる。故に竜殺し……」

「……ブリュンヒルド？」

「……ということですよね？　私の理解、間違っているでしょうか？」

「ああ、いや。いつもながら頭の回転の速さには驚かされるよ。その通り。バルムンクは決して竜に負けることがないんだ」

ブリュンヒルドは左手を、右手の上に重ねた。

「竜に属する生き物は、決してバルムンクには勝てないのですね」

「うん。バルムンクに触れるだけでも相当痛むだろうね」

「……お父様がどうして私を跡継ぎにしなかったのか、分かりました」

　ブリュンヒルドの視線の先には、グローブで覆われた右手。グローブに隠された手は、白い竜鱗に覆われている。

「私の体は半分が竜です。きっとバルムンクを扱うことはできない」

「それは……わからないけど……」

　慰めの言葉をかけるべきかと思ったが、どうやらその必要はないようだった。ブリュンヒルドの表情は穏やかだった。

「安心しました。継がせなかったのではなく、継がせられなかった……。事実がどうあれ、そう思う余地があるだけでほっとできますから」

「……お父さんは、ちゃんとブリュンヒルドのことを認めてくれているよ」

　これは、まあ……ちょっと嘘かもしれないけど。

「それに……俺たちからブリュンヒルドに贈れるバルムンクもあるんだよ。欲しがっているのとは形が違うけれど」

「え？」

「バルムンク名誉銀章を与えようって、内々に決まっているんだ。首都を竜から守ってくれたからね」

　バルムンク名誉銀章は優れた軍功を挙げた者に贈られる勲章。ブリュンヒルドは資格十分だ。

「そういえば、二階級特進させるって風の便りに聞きました」

「あはは、さすがにそれは早いよ」

この子なら大尉になるのだって、そう遠いことじゃないだろうけど。

「そうですよね。でも、勲章、嬉しいです」

「受勲式、楽しみにしていいよ。ちょっとしたお祭りみたいになる予定なんだ」

ブリュンヒルドへの勲章授与は、従来のそれとは性格が少し違った。

ブリュンヒルドは世間的には悲劇の竜殺し。

彼女に何の褒章も与えないというのは、軍としても示しがつかない。ブリュンヒルドの受勲式は、軍が彼女をきちんと評価しているというアピールと、竜の襲撃によって失われた活気を街に取り戻すことを目的としていた。故に彼女の受勲式はニーベルンゲン広場で、民衆に公開して執り行われる。

「軍楽隊が呼ばれて、盛大に祝ってくれるそうだよ」

「まあ、楽しみです」

と微笑んでから、

「私の胸に勲章をつけてくださるのは、首相でしょうか?」

「そうだけど」とまで言って、彼女が言いたいことをザックスは理解した。

「シギベルトから授与されたいのかい?」

ブリュンヒルドは何も言わなかったが、それは『沈黙による肯定』ってヤツだろう。

「……多分、それはできると思う」

ブリュンヒルドの表情が目に見えて明るくなった。素直な子だ。

「上を説得する材料は十分にある」

首都がいつ竜に襲われるかわからないのに、一向に都へ戻ろうとしないシギベルトに対して国民は不信感を募らせている。一度、姿を民衆に見せておくだけでも、彼への風当たりは弱くなるだろう。

それに、父から娘への叙勲という形をとった方が美談になるし。そういう優しい出来事こそ、新聞は大々的に扱ってほしいよ。

シギベルトがどんだけ忙しいっていっても一日、いや半日、都に戻る暇すらないなんてことはありえない。

今度は無理だなんて言わせない。

ブリュンヒルドへ勲章が与えられるという話はシグルズの耳にも入った。それはいい。

問題は叙勲の仕方だった。

勲章はシギベルト准将の手からブリュンヒルド少尉の胸へと直接授けられるらしい。

(ブリュンヒルドが父さんを殺すとしたらこの時しかない)

受勲式まであと一週間。

シグルズはブリュンヒルドの部屋にいた。ブリュンヒルドはもう施錠してシグルズを拒絶するのはやめたらしかった。どうせ神の力で鍵を壊されるだけだと判断したのだろう。

昼の時間だった。部屋には二人しかおらず、ブリュンヒルドは黙々と昼食を口に運んでいた。

「お前の差し金だな」と糾弾する。

「そうだ」という返事に迷いはない。

何をするんだと問うこともできるが、それを答えさせても意味はないだろう。

(コイツは恐ろしく頭が回る)

シグルズが計画を知ったところで、それを前提とした計画を新たに練り直すに違いない。シグルズの頭脳ではそれに対応できない。それでは、何も知らないのと同じだ。

「とにかく馬鹿なことは考えるな。お前じゃ父さんには勝てねえんだ」

「……なあ、シグルズ。ずっと気になっていたのだがな、なぜ私の殺意を周りの者に言いふらさないのだ？　シギベルトの周りの人間が私の叛意を知れば、ずっと私は動きにくくなるのだが」

「良い子ちゃんのお前と、素行の悪い俺。誰も俺の言うことなんか信じねえよ。それに信じたとしてもだ。……お前の立場が大変なことになるじゃねえかよ」

「反逆罪で銃殺刑だな」

自分でもわかってんじゃねえかよ。

「……頼むからやめてくれ」

復讐なんて何も生まないとか、死んだお前の父親も望んでないとか、そんな月並みな言葉は言えなかった。

だから、シグルズは懇願する。彼女を制するだけの力を持っていながら。

「正体は言えねえけど、バルムンクはお前じゃ勝てない代物なんだ。お前は……受勲式の時くらいは父さんが無防備になるって……そう思ってるんだろうけど。その隙を狙おうって魂胆だろうけど……。そうじゃないんだ。父さんに隙なんかないんだ」

「神の力を取り込んでいるんだろう？」

ぎょっとする。

「どうしてそれを……」

「大佐の口を割らせたのだ。おっと、アレを責めてはやるなよ。アレはアレで哀れな生き物だからな」

「バルムンクを……手に入れたのか？」

「そうできればよかったんだがな。アレは私にバルムンクを渡さなかった。理想の娘を完璧に演じきったのだが……わからない。私は何か……アレの中にある得体の知れないものに負けたらしい」

もっとも、とブリュンヒルドは繋いだ。

「渡されたところで、私の身ではどうしようもないかもしれないが」

ブリュンヒルドは形の良い爪で、右手の甲を叩いた。コツコツと硬質な音がする。

「神の力は、即ち竜を滅する力。ゼロの掛け算のようなものだ。半分が竜である私の肉体では利用することもできず、雷霆を浴びれば身が滅ぶ可能性が高い。これればかりは、現物を調べてみなければわからない。だが、その現物はとても取り寄せられるものじゃない」

視線を感じた。見れば、ブリュンヒルドがシグルズを見つめていた。シグルズがそれに気付くと、少女はすぐに視線を外す。

「ほんの少し、欠片でもあれば……現状を打破するきっかけが見えるかもしれないのだ。もう少し、マシな……企て事を……あるいは……」

そこまで言ってブリュンヒルドの言葉が途切れた。

シグルズは少女の赤い瞳を見る。そこに打算や懇願、威圧の色はない。

あるのは、誰かに助けを求めたがっているような、弱った感情のみ。

助けてやりたい気持ちが沸き起こったが、それはシグルズには絶対にできない。

少年はブリュンヒルドから目をそらした。

「……正直、参った」

初めて聞くブリュンヒルドの泣き言だった。グローブを嵌めた右手を少女は握りしめる。

「殺す時は、この右手で握り潰すと決めていたのに」

その言葉に込められた悔しさに嘘はなかったと思う。親の仇が自分には絶対殺せない相手だったなんて。辛いに決まってる。

「式典には俺も出るからな。客席からだけど……ずっと見張ってる」

「来ないでよ……」と言ったブリュンヒルドの声は、怯えているようにも聞こえた。

そんな顔をさせてしまった理由の一つが俺だって……わかってるけど。

これ以外に何ができるっていうんだ俺に。

コイツを止める他に、俺に何ができるっていうんだ。

「……お前、俺のことも嫌いか」

ブリュンヒルドの赤い瞳が俺を見た。

「お前は……特別だよ」

いつか病室で聞いたのと同じ言葉。

けれど、それが帯びている密かな熱は、あの時の氷のような言葉とは正反対と言って良かった。

「人間だが……良い奴だ。人間にも……良い奴はいるのだな。優しい人は、ちゃんといた……」

——好きだよ。

ほとんど涙声だった。

シグルズはブリュンヒルドの昼食が載った皿を奪った。皿に載っていた食べ物をがつがつと口の中に流し込んでいく。

全部平らげてから、ブリュンヒルドの前に皿を戻した。

「気安いことは言わねえよ。思いが風化するのは辛いだろうし、生きてりゃ辛いこともたくさんあると思う。でも、そん時は辛いことを俺が少しは食ってやる。一人で不味そうな顔してないで、俺を呼べ。俺は、俺は人間で、竜殺しだけど、お前の……」

味方だ、と言いたかった。

でも、飲み込んだ。

本当に味方なら、コイツに加勢して父さんを殺させてやらなきゃ嘘だ。

「……俺は、お前の友達だ」

ひゅう、と音がした。ブリュンヒルドがはっとしたような顔で息を吸った音だった。

瞳を潤ませて、シグルズを見ていた。

「すまない」

ブリュンヒルドが俺から顔をそむけた。何にもない窓の向こうを見つめている。

「一人にしてくれ」

小さな肩は、震えていた。

　それから五日間、シグルズ・ジークフリートはずっと考えていた。

　ブリュンヒルドが父の殺害を思いとどまってくれたかどうかを。

　自分が友達だと宣言した時に、アイツは泣いていた。あれは、もう下手なことを考えるのはやめてくれたってことじゃないだろうか。

　何回も何回も、いろんな理由をこじつけた。自分の信じたい情報だけを信じて、彼女は仇討ちをやめようとしてくれていると思い込もうとした。けれど、思い込みを塗り重ねるほどに相対的に思い知る羽目となった。そんな風に考えること自体が、彼女の反意を変えられなかったのを自覚していることに他ならないのだ。


　少年が思い立った日は、休日だった。

　震える小さな背中に部屋を追い出されてから、五日。

　受勲式まで、残り二日を切っていた。


　シグルズはブリュンヒルドの部屋に向かう。珍しく食事の時間外であった。

　シグルズが部屋に入った時、ブリュンヒルドは花のカタログを眺めていた。

　少し意外だった。

ノーヴェルラント帝国の果実がエデンの果実に劣るように、この国の花もまたエデンの花より劣悪だとブリュンヒルドは言っていた。いつかの夜、薔薇園を満たす香りについて「胸やけがしてたまらない」とこぼしていた。そんな彼女が花のカタログを見ているなんて。

でも、今はそんなことはどうでもいい。

シグルズはブリュンヒルドに声を発する間も与えることなく、彼女の白い左手首を掴むと、自分の方へぐっと引き寄せた。

「シグルズ、何を?」

「いいから来い」

シグルズはブリュンヒルドの手を引いて、屋敷の外へ向かった。

行き先は、ニーベルンゲンの街だった。

竜の襲撃から少し時間が経っているが、未だに街の特別警戒態勢は解かれていない。

道に点々と装甲車が配置され、武装した兵士が巡回を行っている。

しかし、街に少しずつ活気が戻ってきているのもまた事実である。

オペラは上演の回数を増やし始めていたし、竜殺しの銅像がある広場には親同伴ではあるものの遊びまわる子供の姿がある。小さい頃はシグルズもこの広場で竜殺しごっこをしたものだった。本屋には立ち読みをする客がいて、出店では竜の肉をあぶって売っている。

「なあ、シグルズ……」

手を引かれるブリュンヒルドは、路面を見つめながら歩いていた。

「何を考えているかは知らないが……帰ろう。私はこの街を歩きたくないんだ」

「竜殺しにあふれているからだろ」

わかってるよ、そんなこと。

「じゃあ、どうして連れてきた？　嫌がらせか？」

「そうかもしれねぇ」

シグルズは足を止めて、ブリュンヒルドへ向き直った。

「今から俺が言うことは、多分、お前を傷付けちまう」

ブリュンヒルドは視線を落としたままだ。

「でも、言わなきゃならない。お前は俺にだけは本音を話すからだ。俺だけがお前がやってきたことを知ってる。だから最後に俺も本音を話す。お前みたいにすげえ秘密じゃないけど……みんなには内緒にしてくれると助かる」

最後、とシグルズは言った。

シグルズには分かっていた。受勲式でブリュンヒルドは父に何かを仕掛けるつもりで、それは自分には止められないことを。もちろん、自分にできるだけのことはするが、望む未来にたどり着ける可能性はきっと低い。

彼女が父を殺すのに成功すれば、彼女はこの国から逃げるか、目的を果たしたことに満足して自決するか、あるいは軍に捕まって銃殺刑になるだろう。失敗した場合は言わずもがな。

だから、彼がブリュンヒルドに自分の本音をさらけ出せる機会は、きっと今日が最後なのだ。

「実は俺……正直なとこ、父さんのことは苦手なんだ」

街に出て、初めてブリュンヒルドは顔を上げた。怪訝そうな表情でシグルズを見る。

「父さんは……俺のことをないがしろにする。お前みたいな突然現れた女に少尉なんて地位を与えるし。すげえ腹立つよ」

でも、と少年はつないだ。

「ブリュンヒルド、この街を見てくれ。あちこちがお前の嫌いなモンだらけなのはわかってる。竜の肉とか、竜の脂の燃料とか、エデンの灰とか。お前にとっては見るに堪えないよな。だけど……」

——みんな生きてる。

「この国は、エデンから採れる資源でみんなが生きることができている。父さんがエデンを攻略することが、みんなの笑顔につながってる」

少年は続ける。

「だから、俺は父さんを尊敬してんだ。気難しいし、よくわかんねえ人だけど……何よりお前の親を殺しちまった人だけど……この国を……人々を支えるすげえ人なんだって」

　――だから、父さんみたいになりたいんだ。

　シグルズは、怖かった。多分、人生で今ほど、怯えたことはなかっただろう。

「これが……俺の本音だ。俺のことを嫌ってくれていい。こんなこと言われたら憎むのが当たり前だ。でも、最後に……友達に隠し事はしたくなかったんだ」

　ブリュンヒルドはしばらく何も言わなかった。シグルズの言葉を反芻するみたいに、静かにしていた。

「私は……」

　道に立ち尽くしている二人の脇を、たくさんの通行人が通り過ぎていった。

　随分と時間を置いてから、ブリュンヒルドは小さな声で話を始めた。

「私は、真声言語というものを話すことができる。あらゆる生き物に通じ、音を発することなく、伝えたいことを的確に伝えられる、至上の言語だ」

　シグルズにはブリュンヒルドが何を言い出したのかわからなかったが、それでも彼女の言葉を遮ることはしなかった。

「一方、お前の言葉は支離滅裂だ。酷く私を傷つけるようなことを言う。こんな本音を暴露して、私に何を求めているのかわからない。何を伝えようとしているのかも判然としない。言葉としては、下の下だ」

　シグルズはまだブリュンヒルドの手を握っていた。彼の手には緊張で汗がにじんでいた。けれど少女はその手を振り払おうとはしなかった。

「こんなわけのわからない言葉に、どうして……私は……」

むしろ、少女は少し強く少年の手を握り返す。

少女の言葉はどんどん熱を帯びていく。

「私を責めたいなら責めればいい。そうするべきだ。私はこの街の人間を何十人も殺した。何百人も傷つけた。お前の夢を蹂躙したんだ。私を怒れよ。憎悪して罵倒しろ。嫌って殴れよ。そうだろう？　なのに、どうしてお前は……」

――そんな目で私を見る？

「嬉しかったんだ」

怒りも憎悪もない目。とても直視できず、少女は俯いた。

「この街を襲った時のこと、病室でお前が話をしてくれた時。絶対に許せないと思ったし、怒りも感じた。でも、嬉しいと思ってる自分がいたんだ。俺のことは『関係のない奴』だと思ってないってわかって……。それで、俺の中では全部帳消しみたいになっちまったんだ。俺も大概ひどいヤツだよ」

「言ってることが無茶苦茶だぞ……。自分で気付いていないのか？」

「気付いている」

――もし。

もし、少女が少年に身を寄せれば。

温かい未来が待っているかもしれない。

シグルズに手を引かれて、色々なところに行けるだろう。エデンでは知りえなかった景色の数々を彼は少女に教えるだろう。少年はその身に宿す友情によって、決して少女に嘘を吐くことはない。少年は少女にとって、エデンに代わる安息の居場所になるかもしれない。

アレも……ザックスも決して悪い人間じゃない。嘘や建前が得意なあの男のことを少女はあまり好きではない。でも、少女に向ける父性に似た愛情が悪意によるものではないことくらい理解している。シグルズほど好くことはできなくても、嫌うほどじゃない。初めて病室で会ったとき、ザックスが言っていたように……。

少女の周りに広がる世界は、全てが敵というわけではない。

一歩、

一歩、少年に向かって踏み出すことができたなら……。

少女は少年を見る。

視界に入る少年の顔。黒目がちの大きな目。

そして、

漆黒の髪色。

漆黒。

あの男と、同じ色の――。

その瞬間。

脳裏に思い起こされた、ある二つの光景。

涙を流す竜の死骸。

無感情でそれを見る三白眼。

漆黒の髪の男。

途端、少女の身体(からだ)の内から真っ黒な炎が燃え上がる。今しがた頭の中に浮かんでいた温かな未来を、業火(ごうか)は一瞬で焼き払った。

(……私は誓った)

四年前、この世界に竜の味方はいないのだと知った時に、

――私だけは最後まで、君の味方でいると。

その私が裏切ってどうする？

柔らかな幻想を焼き尽くしてなお、獄炎は少女の中で激しく燃えている。それで、少女は理解した。さっきまで抱いていた幻想は、所詮業火(ごうか)に呑(の)まれるに過ぎないものだと。

なぜ、私はここにいる？

人間と馴(な)れ合(あ)うためか？

心の傷を癒(いや)すためか？

幸せになるためか？

生きるためか？

否。いずれも否。

少女は思い出した。

愛しい人の血をすすってまでして、自分が生き長らえた理由を。

少女は機能すべき形へと戻る。

(同じにはならない)

あの忌まわしい物語とは。

ブリュンヒルドは、否、竜の娘は言う。

「遅すぎる。遅すぎるんだよ」

その瞳は、揺れる少女のそれでなくなっていた。

「はじめてこの街に来た時、あの四日間に優しい人と出会えていたなら、違う道も選べたかもしれない。だが、私たちは出会わなかった」

それだけなんだよ、と冷たく言い放ち、
竜の娘は、ついに少年の手を振りほどいた。

背を向けて、屋敷への道を戻る。

少年はそれを見送るしかない。

彼にできることはもう、ない。

もとより、今日彼女をこの街に引きずりだしたことに、本音を話す以上の目的はなかったのだから。

娘の姿は、雑踏に飲まれていき、少年には見えなくなった。

第四章

受勲式の日の空には、太陽が輝いていた。雲一つなく、抜けるように青い。

軍の高官や政治家が列席していた。ブリュンヒルドが属する陸軍などは元帥まで参じている。

国内の有力な新聞社の記者たちが、たくさんのカメラを準備して待ち構えていた。

広場に作られたステージには赤い横断幕、大きな軍旗が並べられ、風にはためいている。

ステージの前には扇状に椅子が配置されていた。席はすべて民衆で埋まっており、立ち見の見物人もいるほどだ。

木で作られたステージの裏に、ブリュンヒルドは控えていた。

いつもより格調の高い軍服に身を包んでいる。今日この日のために縫われた儀礼用の軍服である。白銀の髪を湛えた少女は、さながら王族のような気品を漂わせていた。勲章を授与される兵は他にもいたが、ブリュンヒルドは際立っていた。

だが、麗しの竜殺しの表情は物憂げで、やや俯き加減である。

少尉の傍らに立っていたザックス大佐は苛立ちを隠せずにいた。

「アイツ……」

シギベルト准将がまだ来ていないのだ。

娘の受勲式の時くらいは首都に寄るように約束させた。遠征が終わった後、別の海へ侵攻するというからスケジュールをシギベルトに合わせて調整までした。

なのに、開幕十分前になっても、シギベルトの姿は見えなかった。

シグルズは一般人の群れに紛れていた。

今日、ステージに上がれるのは受勲者以外では上級将校に限られていたのだった。

「おい……」

背後から声をかけられた。

振り向くと、三白眼がシグルズを見ていた。

「父さん……」

シギベルトは何も言わずに、シグルズを見ていた。

シグルズもまた何も言えずにいた。

ブリュンヒルドが狙っている、そう言えばいいのか。

あるいは、

早くステージに上がらないと、そう言えばいいのか。

数秒の時間が、永遠のように感じた。雑踏の音が遠ざかって聞こえる。

結局、シグルズが口にしたのは、

「狙われているんだ、父さん。ステージに上がっちゃダメだ」

もし、この親子に分かり合えた瞬間があったのなら、きっと今この時だろう。

「知っている。最初にヤツを見た時から……」

シギベルトもまた、話す。

その内心を打ち明ける。

「……恐ろしい女だ。巧みに人の心に付け入る……。シグルズ、絶対にヤツに絆されるな」

その忠告は、確実に正しくて、間違いなく間違えていた。

「都を襲撃した竜のうち、白い竜を十四、仕留め損ねたと聞いた。未だに殺せていないらしいが。あの女の親も……白竜だった」

白銀の鱗に、青い瞳だった、とシギベルトは呟く。

シギベルトは息子をじっと見て、言った。

「すまなかった」

初めて息子へ、謝罪の言葉を口にした。

「……何を言ってるんだ、父さん」

シギベルトの壊れた言語野はうまく言葉を作ってくれない。けれど、今を逃せば二度と息子と話す機会はあるまいとシギベルトは感じていた。

古代の英雄に、自分の死期を直前になって悟ることができた者がいる。

今、シギベルトが感じている予兆もきっと同種のものであった。理由はわからないが、自分はもう息子には会えまい。だから、息子を探したのだ。

「すべてのエデンを占領すれば……もう竜殺しはいらなくなると思っていたが……俺は間に合わなかった。結局、お前に継がせてしまった。いずれ、お前の体も……」

シグルズはかぶりを振った。

「そんなことはいいんだ。わかってて継いだんだから」

バルムンクが身体を蝕むことは、それに触れる前にザックスから説明を受けていた。それでも少年は竜殺しとなることを選んだ。それは、父のようにニーベルンゲンの街を支える人間になりたかったからだし、無二の友人を止めるための決断でもあった。

シギベルトはステージを横目で見た。

「この受勲式で必ずヤツは仕掛けてくる。根拠はないが……」

「そこを押さえるんだな」

「違う。始末するんだ」

「始末、って……」

アイツを殺すのか、と問う。

その声音と、アイツという言い回しを聞いて、シギベルトは直感する。

シグルズもまたヤツを大切に思っていることを。

だが、シグルズとザックスでは決定的に違うことがあった。

どうやらシグルズはヤツの本性を知ったうえで、それでもヤツを大切に思っている。

本当ならば、シギベルトはシグルズと共に竜の娘を殺す算段であった。そのためにバルムンクを継がせた。だが竜の娘に絆されているわけでもなく、素顔のそれを好いているのであれば、それを殺させるのは……。

………。

せめて、最後に父親らしいことができるとしたら。

「ずっと悪い親だった。いや、今も……」

今更、良い父親を気取ることもない。

シギベルトは右手を息子の首元に当てた。バチィと何かが弾ける音がして、シグルズが目を見開いた。右手と首の間に微かに電流のような光が走っていたのだが、それは日光によってほとんど目立たなかった。

意識が飛ぶ寸前、少年の心を友達の顔がよぎっていたが、どうにもならなかった。

シギベルトは近くにいた兵士を呼びつけて、気を失った息子を預けると、屋敷に送るように指示をした。

軍楽隊がラッパを吹き鳴らす。受勲式が始まったのだ。爆発するような音に民衆が跳ね上がった。続けて地響きのような太鼓の音が響きわたる。

記者のカメラが次々とフラッシュを焚いた。

ブリュンヒルドを始めとする受勲者、そして叙勲をする首相がステージに上り始めている。

——ヤツは俺が殺す。

息子の妹であろうとも。

ヤツは竜であり、人ではないのだから。

シギベルトもまたステージへと向かった。

ブリュンヒルドの受勲は最後に行われた。式の目玉だからである。

式典が始まってから顔を出したシギベルトに、ザックスが悪態をつく。文句を言いながらも、「でも、ちゃんと来てくれると思ってた」なんて笑う。

「……お前も逃げろ」

ダメもとでシギベルトはそう言ってみたが、ザックスには何のことだか見当もつかないようだった。

それが正しい。

ブリュンヒルドが瞳に宿す憎しみの炎は自分しか眼にしておらず、ブリュンヒルドは悲劇の竜殺しでしかないのだから。

正解を見抜く眼を持っていても、周りを説得する力がなければ意味がない。

シギベルトの言葉は、無力であった。

シギベルトがステージに上がると、嵐のような拍手が巻き起こった。

白銀の髪をしたヤツが立っていた。

バルムンク名誉銀章を手に、シギベルトはブリュンヒルドの下へ歩いていく。

ブリュンヒルドはシギベルトを見つめていた。人好きのする笑顔を張り付けて。

両手を後ろに回している。

背中に何か隠し持っている。武器か？

少女の手が動いた。組んでいた後ろ手を解いて、こちらに突き出す。

が、隠し持っていたのは花束だった。

包装紙とリボンで飾られた色とりどりの花々。たくさんの花。

受勲式に、叙勲される側の娘が父親へ仕組んだ微笑ましいサプライズ。盛り上がる軍楽隊。

――クソのような演出だ。

勲章を授与できる距離まで、花束を渡せる距離まで二人が近付く。

ブリュンヒルドは花束を差し出し、
シギベルトはバルムンク名誉銀章を手に握ったまま、言った。

「気持ちの悪い女だな」

声を潜めるでもなく。

だが、舞台の中心には二人しかおらず、客席は歓声に沸いていたし、軍楽隊がうるさかった。

だから、シギベルトの言葉は、近くにいるブリュンヒルドにしか聞こえない。

「とても俺の娘には思えない」

「いいや、私とお前は親子だよ。残念だが」

笑顔のままブリュンヒルドは言う。

「私、やっぱり……竜じゃなかったからな。どうしようもなく人間だ。いくら父の言葉を思い出しても……」

『憎しみの炎を燃やしてはならないよ。たとえ今世で非業の死を遂げようと、心さえ清らかならば私たちは永年王国で会えるのだから』

「思い出しても……言い聞かせてもダメなのだ。この身を焦がす炎を私は抑えられない」

――私は。


そう言って、ブリュンヒルドはシギベルトに抱き着いた。

花束がステージの上へと落ちていく。

少女は首の後ろに手を回す。自分より頭二つ背の高い男へと。

観衆が歓喜の声を上げた。

感極まった娘が父親に抱き着いたようにしか見えなかったのだろう。

シギベルトが少女の背に腕を回すことはなかったが。


「私は、お前を殺したい」


殺意を凝縮させた声音は、愛を紡ぐ唄声に酷似していた。

抱き着いたのではない。

それに気付いていたのは当事者二人だけ。

ブリュンヒルドはシギベルトを拘束したのだ。シギベルトは少女の腕を振りほどこうとしたが、人外の膂力を有している腕はシギベルトの力を以てしてもすぐには払いのけられなかった。

花束が、
ごとん、と重い音を立ててステージの床に落ちた。

花の間から微かに見えていたのは、折れた信管。

信管はプラスチック爆弾へと繋がっていた。信管の内部にはバネ付きの撃針。その撃針が作動し、雷管を強く叩いた。

花が拡散し、飛び散る。

ステージの中心、木の床が割れた。

赤黒い爆炎が溢れ出し、人々を飲み込んでいった。

爆発でステージの上にいた他の受勲者、首相などの肉体が千切れて飛んだ。ステージの近くに陣取っていた観衆が炎に包まれる。離れた場所にいた者も高速で飛来する木片に貫かれ、石に潰された。

橋や鉄道の破壊工作に使われる小型爆弾が炸裂したのである。ブリュンヒルドが陸軍の武器庫から調達し、花束に仕込んでいたのだ。

黄色い脂肪が飛び散り、呆然としている人々の顔を血液が塗った。巻き上がる粉塵でステージが見えなくなった。

シギベルトとブリュンヒルド、最も花束の近くにいた二人の生存など望むべくもなかった。

二人が普通の人間であったなら。

「女……。やっと尻尾を出したな」

爆炎の向こうに、ゆらりと黒い人影。

シギベルトは無事であった。

身にまとっていた軍服こそ、爆発によりところどころ破れていたが、その肉体にはほとんど損傷がない。

三白眼は上空をねめつけている。

同じく軍服の破れたブリュンヒルドの姿が空にあった。右半身があらわになっている。鱗は右手首から先を覆うだけだ。右手の甲から生えている翼で飛翔しているのだった。

「――ッ!」

少女が顔をゆがめる。橋をも破壊する威力の爆弾を以てしても、シギベルトにはかすり傷を負わせるのがやっとであった。

シギベルトはその体の中にバルムンク――神の力――を取り込んでいる。故にその肉体はもはや人というより天使や神に近かった。神や天使の肉体はエーテルという物体で構成されており、エーテルを傷つけることのできる物質は人間界に存在しない。たとえブリュンヒルドの攻撃が爆弾ではなく戦車による砲撃であっても、シギベルトは平気な顔をしていたはずだ。

竜の娘は、空中で身をひるがえす。シギベルトに背中を向けて逃亡を試みた。

「……待てよ。この式の主役はお前だろうが」

シギベルトが右手をかざす。バチバチと光るエネルギーが手のひらに集約されていく。

雷霆。

最初の竜、ルツィフェルを地獄に叩き堕とした雷。

それが槍の形を成した。

「ちゃんと殺しておかないと……また舌先三寸で逃げられたら困る」

ざん、と土を踏みしめる音。

筋肉質な右腕を振るい、踏み込むように投擲する。

神の雷は光速で飛翔し、半竜の少女の背を焼いた。

微かに、高い声の絶叫が聞こえてきた。

小さな体が炎に包まれながら落下していくが、

(殺せてはいないな、手応えが薄い)

シギベルト・ジークフリートと言えど、神の力を完璧に扱えているわけではない。否、人間である限り、神の力を理解することは敵わない。もし理解してしまえば、それはもう人間ではなく神なのだから。

故に、光学レンズや電子機器で照準を調整し、圧縮し放出する。それが世間に知られているカノン砲バルムンクであった。カノン砲を介さないと雷霆は威力と精度が落ちる。

黒い軍靴を履いているシギベルトの足が、ふわりと地面から浮きあがった。

神は、翼を持たずして空を飛ぶ。

同種の力を持つシギベルトにとっても、飛行は容易なことであった。

上昇するシギベルトは、俯瞰する風景に複数の白い影を捉えた。それらはまるで人混みから生まれたように、突然現れた。

中型の白い竜だった。一瞬、自分を襲ってくるものとシギベルトは身構えたが、白い竜たちはバラバラに散っていった。東へ西へ南へ北へ。

街の人間を襲う腹積もりのようだ。

国民の命を守る兵士であれば、まずは白い竜を倒すべきところだろうが、

「心配するな。目移りなんかしない」

自分はザックスやシグルズのような優しい性分じゃない。多少犠牲が出ようとも、諸悪の根源を叩く。

拡散していった竜たちには目もくれず、
シギベルトは空を切り、竜の娘が落ちていった場所へ向かった。

竜の娘は、ニーベルンゲンにある大きな公園に落下していた。木々が密集しており、何本かは燃え上がっている。雷霆を浴びた少女、その身を包んだ炎が移ったのだ。

シギベルトがちょうど竜の娘の真上に来た時、バチバチと爆ぜるような音がした。

土が盛り上がったと思った次の瞬間には、木々が根こそぎ吹き飛ばされる。

唸り声をあげて、現れたのは巨大な白銀の竜。

ただし、その目だけは赤かったから、シギベルト・ジークフリートはそれがまがうことなく

ヤツだと理解できた。

雷霆を右の掌に。

咆哮する竜へと、竜殺しは向かう。


花束を使った自爆の音は、気を失っているシグルズの耳には届かなかった。

それでも彼が目覚めたのは、友達を助けたいと強く想っていたからなのかもしれない。

受勲式の会場から出たところで、彼は意識を取り戻した。自分が父の雷霆によって気絶させられたのだと状況を把握し、彼を屋敷に連れて行こうとしていた兵士の腕を振りほどいた。

（くっ……ブリュンヒルドは……？）

そう思ったのと、白い竜が現れたのはほとんど同時だった。

幸か不幸か、街は先日の襲撃を受けて、特別警戒態勢が敷かれていた。道路に点々と装甲車が停められており、すぐに白い竜へと対応する。民間人もすみやかに建物や地下鉄へと避難を開始したが、老人が一人逃げ遅れてしまった。

「た……たすけ……」

白い竜は老人を転倒させる。鋭い爪の生えた足で老人の体をうつぶせにして固定すると、背中の肉をついばみ始めた。

シグルズは、すぐにでもブリュンヒルドを探しに行きたかったが、

「……クソッ！」

目の前で襲われている人間を見捨てることはできなかった。

シグルズ・ジークフリートは右の拳をぐっと握る。白い火花が拳の周りで散った。

（よし……。俺にも使える）

火花を集めて握り、白い竜へと投げつけた。精度・威力共に父親にはまだ遠く及ばないが、それでも白い竜を倒すには十分だった。

ぐえぇとガチョウのような断末魔の声を上げて白い竜は崩れ落ち、死んだ。

シグルズは白い竜が襲っていた老人の下へ駆けよる。竜に噛まれて出血していたが、すぐに病院に運べば助かる状態だった。

シグルズは近くにいた中年の男に、怪我人を病院へ連れて行ってくれるように頼む。男は突然の事態に泡を食っていたものの、すぐに状況を理解し、力強くうなずいてくれた。

（白い竜は十匹いるって聞いたけど……）

案の定だった。

たった今殺したのと、同じ姿の竜がシグルズの目の前を飛んでいった。そして新たに人を襲い始める。

（速攻でカタをつけねえと……！）

小さな雷霆を右の拳にまとい、シグルズは白い竜へと向かった。

緑にあふれていたはずの公園は、火の海に変わっていた。

紅眼の竜が吐く炎と、竜殺しが放つ雷霆が、木々と草地を燃やしていたのだ。

大気を震わす叫びと共に竜が爪を振るう。空中を自在に動くことができる竜殺しが身をひるがえしてそれを躱す。続けて地殻さえも砕きそうな踏みつけが見舞われたが、それも回避した。

太い足が空振った隙をつき、竜殺しは雷霆を放つ。

紅眼の竜が悲痛な叫びをあげた。

（……面倒だな）

もう八発は雷霆を浴びせている。一撃一撃が巨竜を即死させるだけの威力を有していたが、それを紅眼の竜は耐えている。

（体を流れている竜の血が少ない上、半分が俺と同じ血だからか）

雷霆は竜への特効兵器だ。だが、今対峙している竜は半端者なので、威力が本来の半分未満になってしまう。

加えて神の力に対して耐性のある竜殺しの血が流れているため、威力はさらに軽減される。

おそらく本来の十分の一程度に。

「なあ、俺には別に、竜を嬲る趣味はないんだが」

負けることはない。

だが、殺すのに時間がかかる。それだけのこと。

竜の両足の間をくぐる。すれ違いざまに、雷霆を帯びた掌で左足の肉をえぐり取った。竜が苦しみに鳴く。

「だから協力しろよ。抵抗しなければ、すぐ楽に殺してやる」

それでも紅眼の竜はあがき続けた。

勝ち目などないと理解しているだろうに。

死に体で、めったやたらに両手両足を振り回す姿。

シギベルトにはこの時、初めてヤツが歳相応の子供に見えた。

歴戦の竜殺しは慎重だった。

いつまでもがむしゃらに暴れ続けられるわけがない。もうじき体力も尽きるだろう。竜の爪と炎が届かない距離を維持しながら、隙を見て体を雷霆で削り取っていく。

攻めあぐねているといえば攻めあぐねていたが、竜殺しの勝利はやはり揺るぎなかった。

生まれたての竜殺しがその公園に来たのは、果たして偶然だったのかどうか。

今にして思えば白い竜は新米の竜殺しに対して抵抗する素振りを一度も見せなかった。ただ、彼の前に現れて、民間人を襲い続けた。シグルズがそれを倒して、ブリュンヒルドを探しに行こうとしても、すぐに次の竜が現れて、別の人間を襲った。だから、シグルズは新たに現れた竜の下へ向かわざるを得なかった。それを何度も繰り返すことになった。

もし白い竜を操る者がいるのなら、きっとそいつは知っていた。

少年は自分と違い、優しい人であることを。

襲われている者がいたら、見捨てることなどできないということを。

十四目の白い竜を撃墜した時、シグルズの目に飛び込んできたのは巨大な白銀の竜と、それと対峙する父親の姿。父が攻めあぐねていることは、シグルズにもわかった。

白銀の鱗……。

受勲式の会場での父の言葉を思い出した。

今、父が戦っている竜は白銀の鱗に覆われている。

（コイツ、白い竜たちの親玉か……！）

未熟な雷霆を握りしめる。

それを竜の親玉と思ったのも無理はあるまい。

いつか病室で少女が少年に話した物語。その中に……

少女が人間を竜に変えるエピソードはあったが、
少女自身が竜になるエピソードはなかったのだから。

拳を強く、強く握った。

一撃で葬れるように、雷を圧縮する。白銀の竜は父に気を取られて、自分に気付いていない。

死角から一撃で仕留める。

十秒ほど時間を要したが、シグルズに扱える最大限の雷霆を握った。

そして竜殺しは放った、バルムンクを。

その竜殺しは気付かなかった。雷霆を編むのに集中していたせいもあるだろうが、放った後に気付き、思い出した。

父は、

——白銀の鱗に、青い瞳だった。

と言っていたが、

今、自分が殺そうとしている竜、

その瞳は、彼の良く知る赤色だった。

果たして、その竜は、本当に少年に気付いていなかったのか。

それまでやぶれかぶれになって暴れていたくせに、その動きだけは無駄がなかった。

白銀の、けれど瞳の赤い竜は、シギベルト・ジークフリートを右手で摑むと、

少年が放ったバルムンクの盾にした。

シギベルト・ジークフリートの肉体はほとんどエーテルでできている。それは人間の武器や竜の力では傷付けることができない。

だが、雷霆であれば。

雷霆は、神の振るう力である。エーテルと同じ物質だ。

それまでかすり傷しか負っていなかったシギベルトの体は、少年の渾身の雷霆を受け、一瞬で真っ黒になった。もしかすると、父は何が起きたか、最期の瞬間まで理解できなかったかもしれない。

シグルズでさえ、自分が何をしでかしたか、しばらくの間わからなかったのだから。

シギベルトを摑んでいた竜の右腕、そして右上半身は、父親とともに消滅していた。

竜は全身のあちこちがむしられ、穿たれている。滝のように流れ出ている血は、水銀のような鈍色ではなく、どす黒い赤の粘液だった。

白銀の竜が自分を見る。

殺されるという恐怖はなかった。

少年の頭の中は、それどころではなかった。

赤い瞳をした少女との会話が蘇る。

いつか、彼女は俺にこう言った。

俺から顔をそむけて、小さな肩を震わせて、

――すまない、と。

こういうことだったのだろうか。

彼女には父親を殺せないから、息子に殺させる、そういう意味の謝罪だったのだろうか。

父親殺しの罪を背負わせてしまうことを、謝ったのだろうか。

白銀の、赤い瞳の竜がぐらりと動く。

長い首が、燃える草原に叩きつけられた。

竜の頭が、ちょうどシグルズの前に来た。

「おま……お前……」

少年は呼びかける。

「お前……最初から……こんなこと……考えてたのか……?」

問いかける。

答えはない。

感情のない、けれど赤い瞳でただ少年を見つめている。

「なんとか……言えよ」

何も言わない。

「俺にだけは……本音で喋ってくれるんだろ」

それでも何も言わない。

そこでようやく少年は気付いた。竜は、言わないのではなく言えないのだと。

赤い瞳に感情がないのは当たり前だ。倒れた時には、彼女はもう死んでいたのだから。

体中に空いた無数の穴、それらは着実に白銀の竜を死に近付けていたが、
トドメとなった一撃は、
竜の右半身を焼いた、シグルズのバルムンクであった。

じわじわと赤い血だまりが広がっていく。

……一体、誰がコイツを理解してやれたのだろうか。

父さんも、大佐も、そして、もしかしたらコイツの父親も。俺も、そうだ。

誰もコイツをちゃんと理解していなかった。

それは……みんな、コイツが異常に頭が切れるとか、めちゃくちゃ強いとか、硝子のように綺麗だとか、友達だとか、そんなところばかり見て。

本当は。

全てを見通したような瞳には実は一人しか映っていなくて、頭が良いくせにやろうとしていることは良く言えば一途、悪く言えばバカの極みで、めちゃくちゃ強いくせに俺が「友達だ」って言ったら泣きやがって、大人のように整った顔をしているのに中身はみっともないガキで、
竜で人だから。

そういうヤツだから。

そういう、すげえめんどくさくて、わかりにくくて、心配なヤツだってわかったから。

最後には好きになれたし、死んでほしくなんてなかった。

殺したくなんて、

大切な人を一瞬で二人も失った少年は、一体、どれくらい立ち尽くしていただろう。

気付けば火は消され、彼と死骸の周りには人が集まっていた。

民のうち一人が言った。

「竜殺しだ」

続けて、他の民が言った。

「竜殺しが、俺たちを守ってくれたんだ」

歓声と拍手が沸き上がった。

人々は口々に感謝の言葉を口にしたが、その全てが少年には遠い世界の音のように聞こえた。

かつて少年が求めた称号が、頭の中で虚しく残響していた。

終章

小屋を強い雨が打ち据えている。

少女が物語を終えても、夜が明ける気配はなかった。

ずぶ濡れだった軍服は、とっくに乾いている。

赤い軍服を着た少女と、白銀の髪をした青年が向かい合って座っていた。

ぱちぱちと暖炉の薪が爆ぜる音だけが、しばらくの間、聞こえていた。

『あれほど、私は言ったのに』

青年が苦々しい声で言った。

『人を恨んではならないと、憎しみのままに殺してはならないと、私は何度も言ったのに』

赤い軍服の少女は、何も答えられなかった。

『私は望んだ。君とここで過ごせる日を、夢見ていた。私は、君を愛していた』

愛していたんだよ。

『ずっと、君といたかった。いつまでも君と共にいたかった。血のつながりはなくとも、私は君の……』

――父親のつもりだった。

『私はずっと君を恨むよ。これまで愛した分、君を憎もう。永遠に君を憎悪する。決して満たされることのない欠落を私にもたらした君を、嫌い続ける。終わりのない世界で』

娘は弁解しない。できるはずがなかった。

『そろそろお暇しようと思う』

そう言って、少女は立ち上がった。

小屋の外には、決して止むことのない嵐が吹き荒れている。

それでも少女は往かねばならない。

永遠に上がることのない雨に打たれ、吹きすさび続ける風の中、明けることのない闇夜を無間に彷徨い続けるのだ。

小屋に残ることは許されない。

この薪で暖を取ることが許されるのは、神の教えに背かなかったものだけなのだ。

たとえ白銀の竜であろうと、神の教えを曲げることはできない。神に慈悲を乞うことなど許されない。

それに、おそらくはこの時間が、きっと神の慈悲なのだ。

本来ならば地獄に堕とされるべき少女に、この丘に、この小屋に立ち寄ることが許されている今こそありえない。

　この小屋がある丘こそが、

『永年王国』と俗世の人が呼ぶ場所であるのだから。

　娘が小屋に立ち寄れたのは、きっと神様が彼女を哀れに思ったからなのだろう。

　少女が歩いていく。外へ出る扉へと。

　鱗のない右手にぐっと力を込めて、戸を開ける。雨風が床を濡らした。

　竜は思わず椅子から立ち上がった。

　――共に夜闇を歩いてもいい。いいや。許されるなら、そうしたい。

　だが、彼女を追うことは許されない。

　地獄に堕ちた者には、永年王国に昇る資格がないように、
　永年王国に住むことを許された者には、地獄に堕ちる資格がないのだから。

　白銀の竜は、少女の背中を見送ることしかできなかった。

『何度でも言う。私は』

　声が震える。

『私は、君を憎んでいる。私にこんな思いをさせた君を嫌っている。どれだけの時間をかけようと、どれだけの言葉を尽くそうと、私の心を焦がす憎悪の炎を伝えきることは叶わない。いつまでも、いつまでも、君を恨み続ける。……けれど』

それでも、とつないだ時、
宝石のような、涙の粒が落ちた。

『ありがとう』

私のために戦ってくれて
私のために憤(いきどお)ってくれて
私の分も悩んでくれて
私の分も怒ってくれて
私のことを、

それほどまでに、想(おも)ってくれて。

洟をすする音が聞こえた。
軍服の少女は振り返らなかった。

——違うのだ。

そうだけれど、そうではないのだ。

私は確かに君のことだけを想っていた。

君のことが好きで、君のことを愛している。


――今も、心から。


けれど、それは、きっと君が想像しているような、宝石のようにきれいなものではない。

君を籠に閉じ込めて、邪魔者は皆殺しにして、誰の目にも触れぬよう独り占めして、嬲って犯して、肉片の一つも残さずに喰らってしまいたいような、
身勝手で、どす黒く、醜い感情なのだ。

殉教者じゃあ、ない。

一瞬、少女はそれも白状してしまおうかと思った。己が蛮行をここまで語っておきながらもなお、隠すようなことではないように思われた。

が。

今更、あまりに遅すぎるとしても、取り返しがつかず、取り繕うことも叶わないとしても。

少女は、振り返らずに、
決して振り返らずに、こう言った。

『その一言で、私は明けない暗闇をいくらでも歩けると思えるのだ』

ほんの少しでもいい。

ほんの少しでもきれいな姿で、彼の記憶に残りたかった。

竜の娘は、小屋を出る。

白銀の竜は少女を追ったが、強い風に阻まれて外に出ることはできなかった。

扉が閉ざされる。重い音を立てて。

少女の姿が見えなくなると同時に、夜が明けた。

太陽が昇る。青い空の上に。

少女がいる夜闇は、もう小屋の外にはなくなっていた。

あとがき

愛と正義の物語が好きです。

悪いヤツには負けてほしいし、頑張った人には報われてほしい。

「いやいやいや、ちょっと待て。どの口で言う」と思った方は、きっと『竜殺しのブリュンヒルド』の物語を最後まで読んでくれた人でしょう。ありがとうございます。

次にあなたはこう言うはずです。

「愛と正義を好きなヤツが、こんな結末の話を書くわけないだろう」と。

そう思われるのは自然な心理です。でも、少しだけ違うのです。

『竜殺しのブリュンヒルド』は書き始めの段階では、現在とは全く違うお話でした。

この物語に、死人は一人も出ないはずでした。ブリュンヒルドは白銀の竜と引き離されはするけれど、それは死別ではなかったのです。ブリュンヒルドの実父であるシギベルトのエデン島侵略をきっかけに白銀の竜は姿を消すけれど、実はシギベルトがとても優しく（現在のシギベルトも優しいですが）、白銀の竜を保護するのです。ブリュンヒルドはシギベルトと和解をした後、山奥に隠れ住んでいる白銀の竜に会いに行く。大体、そんな話だったと思います。

だから、愛と正義の話として書き始めたのです。いつだってそういう動機で書き始めますけれど、書いている途中で必ずヤツが現れます。

即ち、もうひとりの私です。ヤツは原稿を見下して耳元で囁くのです。

「キミキミ、それは違うだろう。そんなうまくはいかないんじゃないか？　キミは本当に世界が愛と正義で溢れていると信じているのか？」

もしかすると、こう囁く私こそが本物の私なのかもしれません。この囁きは非常に甘美な上に強烈で、私の書くものはみるみる正義や愛から離れていきます。一時期は、完全にこの囁きに負けて、身を委ねていた時期もあったくらいですが。

抗いたくなりました。

ある著作に出会い、その作者の方が戦う姿を見たからです。

なので今回ばかりは絶対負けたくありません。

なりふりかまわず抗いました。手段も選んじゃいられませんでした。それがブリュンヒルドの奮闘に表れていると思います。作中で彼女を襲う様々な脅威は、本気で彼女を殺すためにもう一人の私が仕向けた刺客です。刺客を書いた時点では、それらを倒す手段など一切考えてはいませんでした。だから、ブリュンヒルドと共に打ち克つ方法を考えました。いつもなら囁きに負けるところですが、今回ばかりは思考を止めませんでした。

結果が、あの結末です。

酷い話かもしれません。愛と正義の物語ではないかも。悪いヤツは負けてないし、頑張った人が報われていないかも。それらの感想を否定するつもりは全然ありません。

けれど、私は勝利の物語として胸を張れます。

最後に、本作を書く動機をくれた電撃文庫でご活躍中のA先生に一方的だけど多大な感謝を。

◉東崎惟子著作リスト

「竜殺しのブリュンヒルド」（電撃文庫）

本書に対するご意見、ご感想をお寄せください。

ファンレターあて先
〒102-8177　東京都千代田区富士見2-13-3
電撃文庫編集部
「東崎惟子先生」係
「あおあそ先生」係

本書は第28回電撃小説大賞《銀賞》受賞作の『黄昏のブリュンヒルド』を改題・加筆・修正したものです。

電撃文庫

竜殺しのブリュンヒルド

東崎惟子

◆◇◇

2022年6月10日　初版発行
2023年11月20日　7版発行

発行者　山下直久
発行　株式会社KADOKAWA
〒102-8177　東京都千代田区富士見2-13-3
0570-002-301（ナビダイヤル）
装丁者　荻窪裕司（META＋MANIERA）
印刷　株式会社KADOKAWA
製本　株式会社KADOKAWA

ISBN978-4-04-914216-7　C0193　Printed in Japan

電撃文庫　https://dengekibunko.jp/

電撃文庫創刊に際して

文庫は、我が国にとどまらず、世界の書籍の流れのなかで〝小さな巨人〟としての地位を築いてきた。古今東西の名著を、廉価で手に入りやすい形で提供してきたからこそ、人は文庫を自分の師として、また青春の想い出として、語りついできたのである。

その源を、文化的にはドイツのレクラム文庫に求めるにせよ、規模の上でイギリスのペンギンブックスに求めるにせよ、いま文庫は知識人の層の多様化に従って、ますますその意義を大きくしていると言ってよい。

文庫出版の意味するものは、激動の現代のみならず将来にわたって、大きくなることはあっても、小さくなることはないだろう。

「電撃文庫」は、そのように多様化した対象に応え、歴史に耐えうる作品を収録するのはもちろん、新しい世紀を迎えるにあたって、既成の枠をこえる新鮮で強烈なアイ・オープナーたりたい。

その特異さ故に、この存在は、かつて文庫がはじめて出版世界に登場したときと、同じ戸惑いを読書人に与えるかもしれない。

しかし、〈Changing Times,Changing Publishing〉時代は変わって、出版も変わる。時を重ねるなかで、精神の糧として、心の一隅を占めるものとして、次なる文化の担い手の若者たちに確かな評価を得られると信じて、ここに「電撃文庫」を出版する。

1993年6月10日
角川歴彦

電撃文庫DIGEST　6月の新刊

発売日2022年6月10日

第28回電撃小説大賞《金賞》受賞作

竜殺しのブリュンヒルド

著／東崎惟子　イラスト／あおあそ

第28回電撃小説大賞《銀賞》受賞作。竜殺しの娘として生まれ、竜の娘として生きた少女、ブリュンヒルドを翻弄する残酷な運命。憎しみを超えた愛と、愛を超える憎しみが交錯する！　電撃が贈る本格ファンタジー。

姫騎士様のヒモ2

著／白金 透　イラスト／マシマサキ

進まない迷宮攻略に焦る姫騎士アルウィン。彼女の問題を解決したいマシューだが、近衛騎士隊のヴィンセントによって殺人事件の容疑者として挙げられてしまう。一方、街では太陽神教が勢力を拡大しており……。大賞受賞作、待望の第2弾！

とある科学の超電磁砲（レールガン）

著／鎌池和馬
イラスト／はいむらきよたか、冬川 基、ほか

『とある科学の超電磁砲』コミック連載15周年を記念し、学園都市を舞台に、御坂美琴、白井黒子、初春飾利、佐天涙子の4人の少女の、平和で平凡でちょっぴり変わった日常を原作者・鎌池和馬が描く！

魔法科高校の劣等生 Appendix①

著／佐島 勤　イラスト／石田可奈

『魔法科』10周年を記念して、今となっては入手不可能なBD/DVD特典小説を電撃文庫化。これは、毎夜繰り広げられる、いつもの『魔法科』ではない『魔法科高校』の物語――『ドリームゲーム』を収録！

虚ろなるレガリア3 All Hell Breaks Loose

著／三雲岳斗　イラスト／深遊

暴露系配信者の暗躍により龍の巫女であることを全世界に公表されてしまった彩葉と、連続殺人の冤罪でギルドに囚われたヤヒロ。引き離された二人を狙って、新たな不死者たちが動き出す――！

ストライク・ザ・ブラッド APPEND3

著／三雲岳斗　イラスト／マニャ子

寝起きドッキリや放課後デートから、獅子王機関の本拠地で起きた怪事件まで。古城と雪菜たちの日常を描くストブラ番外篇第三弾！　完全新作を含めた短篇・掌編十五本とおまけSSを収録！

声優ラジオのウラオモテ #07 柚日咲めくるは隠しきれない？

著／二月 公　イラスト／さばみぞれ

「自分より他の声優の方が」ファン心理が邪魔をするせいでオーディションに弱く、話芸で台頭してきためくる。このままじゃ駄目だと気づきながらも苦戦する、大好きで可愛い先輩のため。夕陽とやすみも一肌脱ぎます！

ドラキュラやきん!5

著／和ヶ原聡司　イラスト／有坂あこ

父・ザーカリーとの一件で急接近したアイリスと虎木。いつもの日常を過ごしていたある日、二人は深夜の街で少女・羽鳥理沙をファントムから救出する。その相手はまさかの"吸血鬼"で……!?

妹はカノジョにできないのに2

著／鏡 遊　イラスト／三九呂

雪季は妹じゃなくて、晶穂こそが血のつながった妹だった!?　自分にとっての"妹"はどちらなのか……。答えが出せないまま、晶穂が兄妹旅行についてくると言い出して!?　複雑な関係がついに動き出す予感が――！

友達の後ろで君とこっそり手を繋ぐ。誰にも言えない恋をする。2

著／真代屋秀晃　イラスト／みすみ

どうかこの親友五人組の平穏な関係が、これからも続きますように。そう心から願っていたのに、恋仲になることを望んでいる夜瑠と親密になっていく。バレたらいまの日常が崩壊するのは確定、だけどそれでも――。

新作

明日の罪人と無人島の教室

著／周藤 蓮　イラスト／かやはら

未来測定が義務化した世界。将来必ず罪を犯す《明日の罪人》と判定された十二人の生徒達は絶海の孤島『鉄窓島』に集められる。与えられた条件は一つ。一年間の共同生活で己が清廉性を証明するか、さもなくば死か。